# 法語發音通

從零開始，
教你說得一口標準法語

趙俊凱　著

# 最貼近法語初學者需要的 發音學習書

　　國人在學習外語時，學習的對象普遍偏好外籍人士或是在國外出生及成長的華僑，並未考慮到學習者的年齡層與教學法之間必須互相搭配的問題。但反過來想，如果有位外國人在國內要學漢語，我們也能很有把握的說「我會教」嗎？

　　初學外語時，一定會遇到的第一個大問題就是聽不懂。因為初學者不知道所聽到的外語是由什麼音組成，而且也不知道該如何正確的發出那些音。除非外籍人士或是在國外出生及成長的華僑曾經學過語言教學，否則他們一定是把初學者當九官鳥來教。這種教法不是不好，而是要看初學者的年齡及悟性。年齡愈小或是悟性愈高者，可以透過此法迅速抓住發音訣竅而學成；相反的，如果年齡愈大或是悟性較低者，透過此法學外語時，聽不懂的挫折感肯定是與日俱增，終至放棄。因為教學者無法透過初學者的文化背景常識或知識提供初學者學習的參考依據，只不過是一再的重覆而已。

　　有鑑於此，自二〇〇三年開始在中國青年服務社教第一堂法語課起，我便堅持一定要讓我的學生先學好法語的音標及發音相關原

則。目的是為了讓初學者能對法語發音有所依據，進而降低學習恐懼感及挫折感。

在教初學者音標及發音的相關原則時，我也曾試著在坊間找些參考書籍或教科書。很可惜，目前在坊間看到的進口法文教科書中，沒有一本會以專章教音標及發音相關原則，幾乎都只是將音標分散在各單元中，以個別或成組的方式介紹而已。而那些介紹僅僅透過音檔，仍舊讓學習者像九官鳥一樣跟著唸，無法讓學習者一聽就能懂得如何掌握每個音的發音方法以及相對應的拼字組合。就算是專門教發音的進口教科書，最多也不過附上嘴形圖及少許說明，對初學者的幫助不太大。另外，國內少數以發音教學為主的書裡，又充滿太多學術性的用字，初學者也無法立即從中文字面上了解真正的含意及發音感覺。

我根據自身學習法語的經驗，歸納出初學法語時會遇到的三大重點項目：發音、動詞及代名詞。之所以將發音列為第一大項，就是為了先降低初學者心中的恐懼感，甚至是徹底移除。一旦初學者

明瞭如何發音及拼字後，也才能毫無障礙的繼續學習動詞及代名詞等大項。

　　基於上述種種緣故及理念，讓我在短時間內就答應出這本法語發音教學的書。這不是一本學術專書，我將此書定位為貼近初學者需要並使用通俗文字的發音學習書。所以，書中僅挑選初學法語時所需要的內容，其餘較深入或較複雜的內容，有待學習者將基本原則學透且能運用自如以後，再進一步學習。我希望能藉由此書，讓想學法文的初學者，不再對法語發音感到恐懼，並且樂於踏進法文的世界裡。語言是溝通的工具，口語及聽力是初學者最在意的二項能力。一旦認識了音標並且懂得發音原則，便可以輕鬆的學習單字，進而學習句子及對話。

　　在書店裡翻翻與法文教學相關的教科書或工具書，便會發現這些書裡使用的音標符號都不盡相同。本書所標示的音標是我決定採用的版本，學習者須將重點放在如何正確發出該音標所代表的音。同時，本書亦將介紹一些觀念，讓初學者思考進而改變學習方式，而不再將學習法文視為畏途。

最後，我要感謝中國青年服務社同仁的引介，以及瑞蘭國際有限公司願意出版本書，更要感謝我的畢業母系，淡江大學法國語文學系的副教授朱嘉瑞老師和中央大學法文系的教授許凌凌老師給予我許多意見及建議。出書真的不簡單，教授們出學術專書更是不容易。我再次感謝以上諸位。謝謝！

Victor

趙俊凱

# 如何使用本書

## 從零開始，如何說得一口標準法語3步驟：

拼字

從這裡可以看出哪個字母或是組合必須發這個音。

嘴形

學習字母，要先學會音標；要學好音標，就要先學會正確的發出這個音。所以跟著嘴形的說明，固定好嘴形，一起發出標準的音吧！

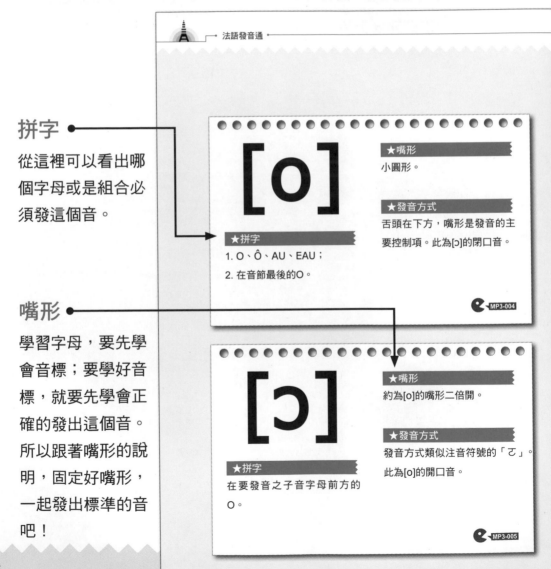

法語發音通

**[o]**

★拼字

1. O、Ô、AU、EAU；

2. 在音節最後的O。

★嘴形

小圓形。

★發音方式

舌頭在下方，嘴形是發音的主要控制項。此為[ɔ]的閉口音。

MP3-004

**[ɔ]**

★拼字

在要發音之子音字母前方的O。

★嘴形

約為[o]的嘴形二倍開。

★發音方式

發音方式類似注音符號的「ㄛ」。此為[o]的開口音。

MP3-005

26

## Step ① 認識音標

　　法語音標就像是我們自小學習的注音符號一樣,是法語發音的重要工具。因此,在學習法語字母之前,先認識音標,然後再透過音標學習每個字母的發音,之後看到單字的時候,就能輕鬆的發出每個單字正確的音!

# [ø]

**★嘴形**
小圓形。

**★發音方式**
嘴形保持[o]的小圓形,但卻要發閉口音[e]。此為形、音不符的音,也是[œ]的閉口音。所發的音既非[o]亦非[e]。

 MP3-006

**★拼字**
1. 在音節尾的EU、Œ、ŒU;
2. 在不發音之子音字母前方的EU、Œ、ŒU。

# [œ]

**★嘴形**
約為[ø]的嘴形二倍開。

**★發音方式**
嘴形保持[ɔ]的大圓形,但卻要發開口音[ɛ]。此為形、音不符的音,也是[ø]的開口音。所發的音既非[ɔ]亦非[ɛ]。

 MP3-007

**★拼字**
在音節中且後方接要發音之子音字母的EU、Œ、ŒU。

## 發音方式

藉由注音符號的輔助,以及文字說明發音時舌頭的位置,再跟著趙老師親錄的音檔(數字為音檔序號)學習,一定就能說出最正確的法語!

7

# Step ② 認識二十六字母及其發音

學會了法語的音標之後，第二步就是要透過音標，認識並正確的唸出每一個法語字母。本書中，不僅能一邊記憶在不同的情況下，每個字母會發的音，還能一邊學習法語單字！

 法語發音通

MP3-038

# B b

## [be]

**發音**

法語字母常常會因為其後接續的母音字母或是子音字母的不同，而發出不同的音，該怎麼記憶呢？趙老師幫您在「發音」這裡詳細列出各種情況，只要讀熟了、記熟了，不管是遇到哪種情況，都能發出單字正確的音！

● **發音**

　　B在任何一個法文字裡，都是發[b]。

　　但是，如果B的前方有母音字母O時，有時候B不發濁音[b]，而要改發清音[p]。

● **唸唸看**

★ [b]

| un biscuit | un banquet | un bâtiment |
|---|---|---|
| [œ̃ biskɥi] | [œ̃ bɑ̃kɛ] | [œ̃ batimɑ̃] |
| 硬餅乾 | 宴會 | 建築物 |

★ [p]

| un bruit | une bouteille | un obstacle |
|---|---|---|
| [œ̃ brɥi] | [yn butɛj] | [œ̃nɔpstakl] |
| 噪音 | 酒瓶 | 障礙（物） |

## 音檔序號

「講解式」錄音，完全收錄音標、字母、單字、句子等發音之外，還有老師針對音標或字母的發音原則專業指導，宛如老師面授，學習效果最佳！

三、認識二十六字母及其發音

**MP3-039**

# C c

## [se]

### ● 發音

C的發音依其後所接之母音字母的不同而發[k]或[s]二個音。

其後所接之母音字母為A、O或U時，發[k]（同「ㄍ」）；如為E、I或Y時，則發[s]。

其後所接之字母為子音時，一定發[k]（同「ㄎ」）。

此外，當C的下方多了軟音符號而寫成Ç時，一定發[s]，且其後所接之母音字母必為A、O或U。

### ● 唸唸看

★ [k]

| un calme<br>[œ̃ kalm]<br>平靜 | une culture<br>[yn kyltyr]<br>文化、耕作 | un(e) concierge<br>[œ̃(yn) kõsjɛrʒ]<br>看門人 |
| --- | --- | --- |

★ [s]

| un cidre<br>[œ̃ sidr]<br>蘋果酒 | une cendre<br>[yn sãdr]<br>灰燼 | un garçon<br>[œ̃ garsõ]<br>男孩、服務生 |
| --- | --- | --- |

## 唸唸看

利用趙老師特別挑選的法語單字，複習每個字母會遇到的各種發音情況。不但可以累積拼音經驗，一邊還能加深字母發音的印象，學習效果加倍！

# Step ③ 練習發音，並逐步累積法語單字量

　　學好法語發音的第三步，就是藉由認識許多的法語單字及句子，練習所學到的音標、字母及發音規則。本書所羅列的十七大類單字，不但可以用來練習發音，也是最實用的單字。在練習中，不知不覺中就可以累積法語單字量！

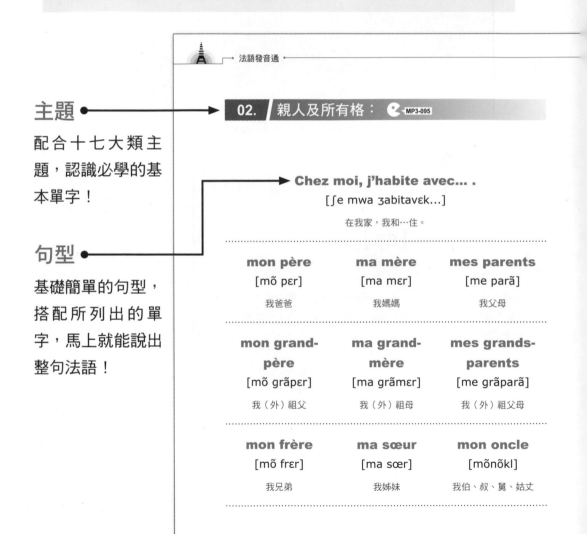

法語發音通

**02.** 親人及所有格： MP3-095

**主題**

配合十七大類主題，認識必學的基本單字！

**句型**

基礎簡單的句型，搭配所列出的單字，馬上就能說出整句法語！

**Chez moi, j'habite avec... .**

[ʃe mwa ʒabitavɛk...]

在我家，我和…住。

| mon père | ma mère | mes parents |
|---|---|---|
| [mõ pɛr] | [ma mɛr] | [me parã] |
| 我爸爸 | 我媽媽 | 我父母 |

| mon grand-père | ma grand-mère | mes grands-parents |
|---|---|---|
| [mõ grãpɛr] | [ma grãmɛr] | [me grãparã] |
| 我（外）祖父 | 我（外）祖母 | 我（外）祖父母 |

| mon frère | ma sœur | mon oncle |
|---|---|---|
| [mõ frɛr] | [ma sœr] | [mõnõkl] |
| 我兄弟 | 我姊妹 | 我伯、叔、舅、姑丈 |

# 單字

依照分類，精選最實用的相關單字。

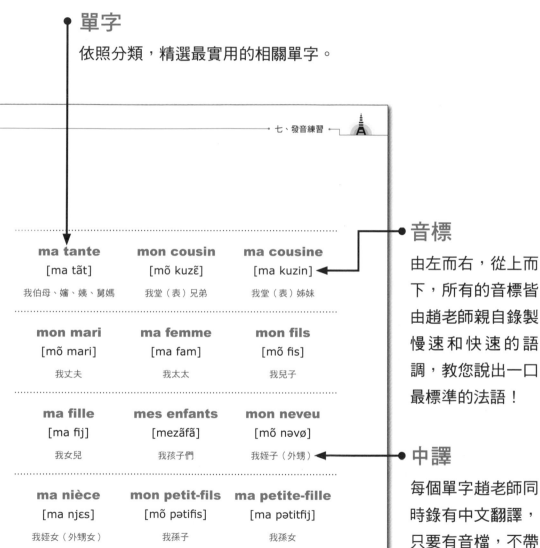

**ma tante**
[ma tãt]
我伯母、嬸、姨、舅媽

**mon cousin**
[mõ kuzɛ̃]
我堂（表）兄弟

**ma cousine**
[ma kuzin]
我堂（表）姊妹

**mon mari**
[mõ mari]
我丈夫

**ma femme**
[ma fam]
我太太

**mon fils**
[mõ fis]
我兒子

**ma fille**
[ma fij]
我女兒

**mes enfants**
[mezãfã]
我孩子們

**mon neveu**
[mõ nəvø]
我姪子（外甥）

**ma nièce**
[ma njɛs]
我姪女（外甥女）

**mon petit-fils**
[mõ pətifis]
我孫子

**ma petite-fille**
[ma pətitfij]
我孫女

# 音標

由左而右，從上而下，所有的音標皆由趙老師親自錄製慢速和快速的語調，教您說出一口最標準的法語！

# 中譯

每個單字趙老師同時錄有中文翻譯，只要有音檔，不帶書也能背單字！

# 目　次

A B C D E F G H I

J K L M N O P Q R

S T U V W X Y Z

---

### 如何掃描 QR Code 下載音檔

1. 以手機內建的相機或是掃描 QR Code 的 App 掃描封面的 QR Code。
2. 點選「雲端硬碟」的連結之後，進入音檔清單畫面，接著點選畫面右上角的「三個點」。
3. 點選「新增至「已加星號」專區」一欄，星星即會變成黃色或黑色，代表加入成功。
4. 開啟電腦，打開您的「雲端硬碟」網頁，點選左側欄位的「已加星號」。
5. 選擇該音檔資料夾，點滑鼠右鍵，選擇「下載」，即可將音檔存入電腦。

# 前言：學習法語發音的基本觀念

## 學習重點

1. 難就是不習慣

2. 不要死背

3. 語言基本元素

4. 拼字基本觀念

5.「閉口音」與「開口音」

6. 下巴位置要固定，嘴形要保持同一形狀

7. 有原則必有例外

olorpe ro soyez chouette pour une foisLe patron du golf miniatureLe patron du golf miniature Le patron du golf miniature L'e
Mamert était assis sur le trou il tardait un peu à reveniril tardait un peu à revenir il tardait un peu à revenir il a dit P
rien chouette le golf miniature si le golf miniature ne vous plaît pas si le golf miniature ne vous plaît pas quand il nous a
des gens qui attendent pour jouer il faut passer par des petits châteaux Je le lui ai dit et je l'ai embrassé parce que Nic
t à Mamert que ça allait comme ça ne dégoûtez pas les autres du golf miniatur en moins de coups de bâton possible comme à l'
ée et le patron du golf miniature est venu en courant a dit Mamert à son papa en montrant mon papa Et il est parti ils joue
qu'il y avait des gens qui attendaient pour faire du golf miniature a dit Côme et il a voulu commencer à jouer a dit Blaise r
que le patron du golf miniature ne nous laisse pas jouer si on n'est pas accompagnés par Il n'y a que le premier trou qui est f
t passée par-dessus la grille et qui est allée taper contre une auto qui était arrêtée sur la Comme on a bien rigolé a dit l'a
rd'hui on a décidé d'aller jouer au golf miniature qui se trouve à côte du magasin où on a répondu le patron du golf minia
dix-huit trous et on vous donne des balles et des bâtons et il faut mettre les balles dans les trous on verra à qui il donnera ra
frôlement loin dans l'alphabet et à l'école c'est chouette a dit Papa qui lisait son journal sur la plage qu'il jouerait un autre
x aller très loin en faisant du crawl je vous emmène au golf miniature Et tous les copains étaient drôlement pour Papa
e fac mais moi je suis sûr que c'est des blagues Et puis est arrivé Mamert avec son papa a demandé le monsieur qui atten
onné un coup de bâton terrible dans la balle qui a sauté en l'air on a décidé de revenir demain pour essayer le deuxième
arriver jusqu'aux trous j'ai pas besoin de pédalo qu'il est bête celui-là a dit le papa de Mamert c'est moi qui vais jouer Et
louer un pédalo je vais vous l'expliquer une grande personne vend des souvenirs Qu'est-ce qu'il y a Ernest Ce que je ne sais
tron du golf miniature est venu dire à Papa qu'il faudrait que nous commencions à jouer je vous emmène au golf minia
lf miniature m'a dit Mamert c'est terriblec'est terriblec'est terriblec'est terriblec'est terriblec'est terrible a dit un monsieur À votre

MP3-001

開始學英語時，許多人會用各種不同的方法記憶單字、句型或動詞變化，也曾聽老師說過一些特殊用詞但不明瞭到底是什麼。到了學習法語時，更有許多人以英語的發音方式來學習，到最後英語變差了，且法語也沒學好。

觀念影響行為，如要改變行為必先改變觀念。以下是學習法語發音的幾個重要學習觀念：

## 1. 難就是不習慣

一位右撇子的右手受了傷而必須上石膏一個月。在這段期間，他只能用左手從事日常生活中的活動，諸如用餐、著裝、盥洗等。他一開始會覺得像是世界末日一般，因為對他的左手而言，這些都是不常做及不習慣的動作，這就是「難」。初學新語言，一定會碰上我們母語所不曾出現過的發音方式及拼字組合，而這就是「難」。往往聽到有人說法文很難學！這是當然，因為在還沒習慣法語的音標及發音規則時，任何一個與法文有關的項目都很難。但是，只要看久了、唸久了、唱久了，比較習慣之後就不覺得難了。所以，只要多練習、多唸，相信不到二個月，法語就不再是很難的語言了。

## 2. 不要死背

經常在公車及捷運上見到許多學生拿著資料卡記憶英文單字，亦或在教室裡看著學生拿著紙和筆將英文單字寫了十幾次，而我相信大部分的學習者也曾用過同樣的方法記憶單字。語言是溝通的工具，要用嘴巴說及耳朵聽。說出來，才知道自己會不會發音；聽進去，才知道自己發出的音怪不怪。就在這一說一聽的過程中，可以確定自己會不會說，更可以讓自己

有勇氣敢開口說。而且最好是利用造句的方式，將單字放進句子裡，才能更了解何時該用或如何用該單字。死背只是讓自己放心應付即將到來的考試，一旦考完了，這些單字都將被遺忘在腦後。

## 3. 語言基本元素

一段話是由至少一個句子組成；一個句子是由至少一個單字組成；一個單字是由至少一個音節組成；一個音節是由至少一個音組成，且一定要有一個母音，否則就無法組成音節。一個音節可以由單獨一個母音構成，而各音節中母音的前方或後方最多都可以放三個子音，超過三個以上，我們便無法發出那麼複雜的音了。這觀念，與漢語的注音符號發音類似。

## 4. 拼字基本觀念

承3。一個字的各個音節裡，只有第一音節可由單一母音字母完成，其後的每個音節裡，母音字母的前方一定要有至少一個子音字母。除非是前一個音節最後的字母為特定的母音字母，方能允許下一個音節由母音開頭。

## 5. 「閉口音」與「開口音」

以前學英語的時候，或多或少都聽到老師提過「閉口音」與「開口音」這二個詞。可是，在什麼情況下該發「閉口音」或「開口音」呢？「閉口音」與「開口音」都發生在母音的發音上。在音節裡，當母音字母在一個會發音的子音字母之前，該母音字母就要發「開口音」；反之則發「閉口音」，除非是例外。

## 6. 下巴位置要固定，嘴形要保持同一形狀

法語的母音發音與英語的不同。英語的母音有雙音，所以為了發出正

確的雙音，就必須靠動下巴及嘴形才能發出正確的音。法語的母音都是單音，下巴要固定位置且嘴形要保持同一形狀，不可隨意變動。下巴動了，嘴形就會受影響而改變；嘴形一變，所發的音就不對。這就像注音符號一樣，每個符號都有各自的音，而且大部分是單音。想要準確的發出法語的每個音，就得先控制好自己的下巴及嘴形。

## 7. 有原則必有例外

本書會介紹許多法語發音原則。既是原則，就一定有例外，像注音符號有破音字讀音一樣。「原則」可以協助初學者處理絕大部分的發音，如果遇到「例外」，就只能見一個記一個了。

# MEMO

# 二

# 認識音標

## 學習重點

1. 單母音音標

2. 鼻母音音標

3. 半母音音標

4. 單子音音標

lorpe ro soyez chouette pour une foisLe patron du golf miniatureLe patron du golf miniature Le patron du golf miniature L'e
Mamert était assis sur le trou il tardait un peu à reveniril tardait un peu à revenir il tardait un peu à revenir il a dit (
rien chouette le golf miniature si le golf miniature ne vous plaît pas si le golf miniature ne vous plaît pas quand il nous a
des gens qui attendent pour jouer il faut passer par des petits châteaux Je le lui ai dit et je l'ai embrassé parce que Nic
à Mamert que ça allait comme ça ne dégoûtez pas les autres du golf miniatur en moins de coups de bâton possible comme à l'é
ée et le patron du golf miniature est venu en courant a dit Mamert à son papa en montrant mon papa Et il est parti ils jouc
qu'il y avait des gens qui attendaient pour faire du golf miniature a dit Côme et il a voulu commencer à jouer a dit Blaise r
ue le patron du golf miniature ne nous laisse pas jouer si on n'est pas accompagnés par Il n'y a que le premier trou qui est fc
t passée par-dessus la grille et qui est allée taper contre une auto qui était arrêtée sur la Comme on a bien rigolé a dit l'ag
rd'hui on a décidé d'aller jouer au golf miniature qui se trouve à côté du magasin où on a répondu le patron du golf minia
dix-huit trous et on vous donne des balles et des bâtons et il faut mettre les balles dans les trous on verra à qui il donnera ra
drôlement loin dans l'alphabet et à l'école c'est chouette a dit Papa qui lisait son journal sur la plage qu'il jouerait un autre
x aller très loin en faisant du crawl je vous emmène au golf miniature Et tous les copains étaient drôlement pour Papa Et
e fac mais moi je suis sûr que c'est des blagues Et puis est arrivé Mamert avec son papa a demandé le monsieur qui atten
onné un coup de bâton terrible dans la balle qui a sauté en l'air on a décidé de revenir demain pour essayer le deuxième
arriver jusqu'aux trous j'ai pas besoin de pédalo qu'il est bête celui-là a dit le papa de Mamert c'est moi qui vais jouer Et
Jouer un pédalo je vais vous l'expliquer une grande personne vend des souvenirs Qu'est-ce qu'il y a Ernest Ce que je ne sais
ron du golf miniature est venu dire à Papa qu'il faudrait que nous commencions à jouer je vous emmène au golf minia
ff miniature m'a dit Mamert c'est terriblec'est terriblec'esterriblec'est terriblec'est terriblec'est terrible a dit un monsieur À votre

MP3-002

　　法語音標就如同漢語注音符號，是幫助學習者學會發音的工具。學會了全部的注音符號，才能發出漢語每個字的音。法文字是由二十六個字母組成的，而每個字母也是由一個音或多個音所組成。所以，本書首先讓學習者透過音標認識每個音，並學習其發音方式和其相對應的拼字組合，進而讓學習者習慣全部的音標及拼字組合。如此一來，之後只要學習者看見每個字母、每個拼字組合，甚至是每個單字，一眼就能認出並且發出正確的音。

　　一位沒有教過外國人的法國人，或是沒學過教學法的法國人，甚至是不懂中國文化背景的法國人，只能透過字母教學，再慢慢的帶著學習者重覆發音，將學習者當成九官鳥一般的帶唸。這種方式可適用於小朋友，但對於已成年的學習者來說，這樣的學習是很吃力且沒有成就感的。本書不同之處在於先帶學習者認識音標，從音標的發音學起，再藉由音標唸出字母，接著繼續學習每個字母在每個字裡的相對發音。

　　本章共分成「單母音音標」、「鼻母音音標」、「半母音音標」及「單子音音標」等四節分別介紹，讓學習者一步步的認識法語的音標。

# （一） 單母音音標

## [e]

**★嘴形**

嘴邊肌肉往二側拉出扁形。

**★發音方式**

發音方式類似注音符號的「ㄟ」。
此音為[ε]的閉口音。

**★拼字**

1. É；

2. 在不發音之子音字母前方的 E。

## [ε]

**★嘴形**

約為[e]的嘴形二倍開。

**★發音方式**

發音方式類似注音符號的「ㄝ」。
此音為[e]的開口音。

**★拼字**

1. È、Ê、Ë、AI(Î)、EI(Î)；

2. 在要發音之子音字母前方的 E。

# [o]

★嘴形

小圓形。

★發音方式

舌頭在下方，嘴形是發音的主要控制項。此為[ɔ]的閉口音。

★拼字

1. O、Ô、AU、EAU；

2. 在音節最後的O。

# [ɔ]

★嘴形

約為[o]的嘴形二倍開。

★發音方式

發音方式類似注音符號的「ㄛ」。此為[o]的開口音。

★拼字

在要發音之子音字母前方的O。

# [ø]

★嘴形

小圓形。

★發音方式

嘴形保持[o]的小圓形,但卻要發閉口音[e]。此為形、音不符的音,也是[œ]的閉口音。所發的音既非[o]亦非[e]。

★拼字

1. 在音節尾的EU、Œ、ŒU;
2. 在不發音之子音字母前方的EU、Œ、ŒU。

MP3-006

# [œ]

★嘴形

約為[ø]的嘴形二倍開。

★發音方式

嘴形保持[ɔ]的大圓形,但卻要發開口音[ɛ]。此為形、音不符的音,也是[ø]的開口音。所發的音既非[ɔ]亦非[ɛ]。

★拼字

在音節中且後方接要發音之子音字母的EU、Œ、ŒU。

MP3-007

# [a]

★嘴形

大開形。

★發音方式

舌頭在下方，嘴形是發音的主
要控制項。發音方式同注音符
號的「ㄚ」。

★拼字

A、À、Â。

 MP3-008

# [ə]

★嘴形

微開形。

★發音方式

此音為母音中嘴形最自然者，發
音方式同注音符號的「ㄜ」。

★拼字

1. E；

2. 在音節最後的E。

MP3-009

# [i]

**★拼字**

I、Î、Ï、Y。

**★嘴形**

長扁形。

**★發音方式**

舌頭在下方，嘴形是發音的主要控制項。發音方式同注音符號的「一」。

 MP3-010

# [y]

**★拼字**

U、Ù、Û。

**★嘴形**

圓形且外凸。

**★發音方式**

古頭在下方，嘴形是發音的主要控制項。發音方式同注音符號的「ㄩ」。

MP3-011

# [u]

OU、OÙ、OÛ。

★嘴形

小圓形。

★發音方式

舌頭在下方,嘴形是發音的主
要控制項。發音方式同注音符
號的「ㄨ」。

 MP3-012

## （二） 鼻母音音標

# [ã]

★嘴形

同[a]。

★發音方式

從音標結構可看出，此音以母音[a]為基礎。在發[a]的同時，帶進鼻音一起發出聲。

★拼字

AN(M)、EN(M)。

MP3-013

# [ɛ̃]

★嘴形

同[ɛ]。

★發音方式

從音標結構可看出，此音以母音[ɛ]為基礎。在發[ɛ]的同時，帶進鼻音一起發出聲。

★拼字

1. IN(M)、YN(M)、AIN(M)、
   EIN(M)；
2. 有I在前方的EN。

MP3-014

# [õ]

★拼字

ON(M)。

★嘴形

同[o]。

★發音方式

從音標結構可看出，此音以母音[o]為基礎。在發[o]的同時，帶進鼻音一起發出聲。

 MP3-015

# [œ̃]

★拼字

UN(M)。

★嘴形

同[œ]，為[ɔ]的大圓形。

★發音方式

從音標結構可看出，此音以母音[œ]為基礎。[ɔ]的嘴形，同時發出[ɛ̃]的音。

 MP3-016

## （三） 半母音音標

**[j]**

**★拼字**

1. 後有母音字母的I或Y；

2. 在字尾的-il。

**★嘴形**

長扁形。

**★發音方式**

音的長度較[i]短，同時在結束

前帶入[ə]的音。

MP3-017

**[ɥ]**

**★拼字**

後有母音字母的U。

**★嘴形**

圓形且外凸。

**★發音方式**

音的長度較[y]短。此音後方一

定會有母音。

MP3-018

# [w]

### ★拼字
後有母音字母或組合母音的OU。

### ★嘴形
小圓形。

### ★發音方式
音的長度較[u]短。此音後方一定會有母音。

 MP3-019

# （四） 單子音音標 MP3-020

在介紹法語的單子音音標之前，要先介紹三組共六個會讓初學者分不清楚的單子音：[p]與[b]、[t]與[d]及[k]與[g]。

上述三組六個音分成清音組（[p]、[t]及[k]）與濁音組（[b]、[d]及[g]）。所謂的清音，就是該音自嘴裡發出時，聲音乾淨清澈，發音位置在口腔前方，且聲帶震動不強烈，就如同發注音符號的音一般自然。相反的，濁音就是該音自嘴裡發出時，不像清音般的乾淨，發音時聲帶震動較強烈，而發音位置在口腔後方且聲音低沉，就好像重低音一般。

由於我們習慣了注音符號的發音方式，所以能比較輕易的發出清音，耳朵也只習慣清音。當初學者學到濁音時，可以透過反覆練習以掌握發音的訣竅，但是由於耳朵不曾聽過濁音，就無法順利分辨清音與濁音的差別，而這也是我們學法語發音時遇到的重大困難。

簡單的發音方式，就是將三個清音當成注音符號「ㄅ」、「ㄉ」及「ㄍ」一樣的發音，這對初學者可說是不難。而要發三個濁音時，同樣以三個清音當基礎，但卻要將他們變成重低音一樣的壓低發聲位置。

# [p]

## ★發音方式

此音標可發「ㄅ」或「ㄆ」的音。發聲時，雙唇接觸，氣從雙唇中噴發出。發聲位置在前方，此音屬法語中的清音。

## ★拼字

1. P；

2. 少數O後方的B。

 MP3-020

# [b]

## ★發音方式

此音標與[p]類似，但較低沉。發聲時，雙唇接觸，聲帶振動極大，氣從雙唇中噴發出。發聲位置在後方，此音屬法語中的濁音。

## ★拼字

B。

MP3-021

# [t]

**★拼字**

T、TH。

**★發音方式**

此音標可發「ㄅ」或「ㄊ」的音。嘴巴微開，舌頭與上顎接觸。發聲時舌頭再離開上顎。發聲位置在前方，此音屬法語中的清音。

 MP3-022

# [d]

**★拼字**

D。

**★發音方式**

此音標與[t]類似，但較低沉。嘴巴微開，舌頭與上顎接觸。發聲時舌頭再離開上顎，且聲帶振動極大。發聲位置在後方，此音屬法語中的濁音。

MP3-023

# [k]

**★發音方式**

此音標可發「ㄍ」或「ㄎ」的音。發「ㄍ」的音時，嘴巴微開，舌中間觸碰上顎再後縮並分開。發聲位置在前方，此音屬法語中的清音。

**★拼字**

1. ㄍ：C接母音字母A、O或U、QU或K接母音、QUE；
2. ㄎ：CH或K接子音、在字尾的-que。

MP3-024

# [g]

**★發音方式**

與注音符號的「ㄍ」同音，但較低沉。嘴巴微開，舌中間觸碰上顎再後縮並分開，且聲帶振動極大。發聲位置在後方，此音屬法語中的濁音。

**★拼字**

1. G接母音字母A、O或U；
2. GU。

MP3-025

# [ʒ]

## ★發音方式

發此音時，嘴巴微開，舌尖朝下，舌頭二側被二排上下牙齒輕咬，舌頭無動作。聲帶會震動。

## ★拼字

1. J；

2. G接母音字母E、I。

MP3-026

# [ʃ]

## ★發音方式

發此音時，嘴巴微開，舌尖朝下，舌頭二側被二排上下牙齒輕咬，舌頭無動作。聲帶不會震動。

## ★拼字

CH接母音。

MP3-027

# [v]

**★發音方式**

發此音時，上牙齒輕咬下唇，舌頭在下無動作。聲帶會震動。

**★拼字**

1. V；
2. 前一個字字尾的F與下一個字字首的母音連音時。

MP3-028

# [f]

**★發音方式**

發此音時，嘴巴開一小洞，讓氣從該洞口中噴發出，舌頭在下無動作。聲帶不會震動。

**★拼字**

F、PH。

MP3-029

# [z]

**★發音方式**

發此音時，嘴微開，舌頭平放並抵住下門牙，無須動作。聲帶會震動。

**★拼字**

1. Z；

2. 前一個字字尾的S或X與下一個字字首的母音連音時；

3. S前、後方均有母音時。

MP3-030

# [s]

**★發音方式**

與注音符號的「ㄙ」同音。發此音時，嘴微開，上下齒間僅有些微空隙，舌頭抵住下門牙，無須動作，噴氣發聲。聲帶不會震動。

**★拼字**

1. S、X；

2. 後接A、O或U的Ç；

3. 後接E、I或Y的C；

4. 少數的T接母音字母I。

MP3-031

# [n]

MP3-032

★發音方式

此音與注音符號的「ㄋ」同音。發此音時，嘴微開，上下齒間僅有些微空隙。舌尖觸碰上顎前方，並向下收，同時發音。

★拼字

N。

# [ɲ]

MP3-033

★發音方式

此音為特殊的音。發出的音，就如同注音符號中的「ㄋ」、「一」、「ㄜ」連在一起唸。

★拼字

GN。

# [l]

## ★發音方式

此音與注音符號的「ㄌ」同音。發此音時，舌尖觸碰上顎前方，並向下彈，同時發音。

## ★拼字

L。

MP3-034

# [m]

## ★發音方式

此音與注音符號的「ㄇ」同音。發此音時，二唇輕碰再分開，舌頭無須動作。

## ★拼字

M。

MP3-035

★發音方式

發此音時，如同發注音符號「ㄏ」，但要將氣更用力的從喉嚨噴出。不打舌、不捲舌也不彈舌。聲帶不會震動。

★拼字

R。

 MP3-036

# MEMO

# 三

# 認識二十六字母及其發音

## 學習重點

olorpe ro soyez chouette pour une foisLe patron du golf miniatureLe patron du golf miniature Le patron du golf miniature L'e

Mamert était assis sur le trou il tardait un peu à reveniril tardait un peu a revenir il tardait un peu à revenir il a dit P

rien chouette le golf miniature si le golf miniature ne vous plaît pas si le golf miniature ne vous plaît pas quand il nous a

des gens qui attendent pour jouer il faut passer par des petits châteaux Je le lui ai dit et je l'ai embrassé parce que Nic

t à Mamert que ça allait comme ça ne dégoûtez pas les autres du golf miniatur en moins de coups de bâton possible comme à l'

ée et le patron du golf miniature est venu en courant a dit Mamert à son papa en montrant mon papa Et il est parti ils joue

qu'il y avait des gens qui attendaient pour faire du golf miniature a dit Côme et il a voulu commencer à jouer a dit Blaise

que le patron du golf miniature ne nous fasse pas jouer si on n'est pas accompagnés par Il n'y a que le premier trou qui est f

t passée par dessus la grille et qui est allée taper contre une auto qui était arrêtée sur la Comme on a bien rigolé a dit l'a

rd lui on a décidé d'aller jouer au golf miniature qui se trouve à côté du magasin où on a répondu le patron du golf miniat

dix-huit trous et on vous donne des balles et des bâtons et il faut mettre les balles dans les trous on verra à qui il donnera

frôlement loin dans l'alphabet et à l'école c'est chouette a dit Papa qui lisait son journal sur la plage qu'il jouerait un autre

x aller très loin en faisant du crawl je vous emmène au golf miniature Et tous les copains étaient drôlement pour Papa Et

e fac mais moi je sais sûr que c'est des blagues Et puis est arrivé Mamert avec son papa a demandé le monsieur qui atten

onné un coup de bâton terrible dans la balle qui a sauté en l'air on a décidé de revenir demain pour essayer le deuxième

arriver jusqu aux trous j'ai pas besoin de pedalo qu'il est bête celui-là a dit le papa de Mamert c'est moi qui vais jouer Et

louer un pédalo je vais vous l'expliquer une grande personne vend des souvenirs Qu'est-ce qu'il y a Ernest Ce que je ne sais

tron du golf miniature est venu dire à Papa qu'il faudrait que nous commencions à jouer je vous emmène au golf minia

lf miniature m'a dit Mamert c'est terrible c'est terrible c'est terrible c'est terrible c'est terrible en terrible a dit un monsieur À votre

MP3-037

認識了法語所有的音標之後，便可以透過所學的音標，正確的唸出每一個字母。而本章將介紹每個字母在不同的情況下所發的音並附加例字，讓學習者可以累積經驗，對每個字母的發音也能更有印象。

## 二十六字母

# A a

# [a]

## ● 發音

A的發音就如同字母的讀音。

除非A與另一個母音字母組合成組合母音，否則，在任何一個法文字的任何一個音節中，單獨一個A與子音字母在一起時，不論子音字母在前方或在後方，A永遠都是發[a]。

## ● 唸唸看

★ [a]

| une arrivée<br>[ynarive]<br>到達 | actuellement<br>[aktɥɛl(ə)mã]<br>目前<br>（副詞） | affectueusement<br>[afɛktɥøz(ə)mã]<br>深情的<br>（副詞） |
|---|---|---|
| **allô**<br>[alo]<br>喂（電話用語）<br>（感嘆詞） | **assez**<br>[ase]<br>足夠<br>（副詞） | **agréable**<br>[agreabl]<br>愉快的、舒適的<br>（形容詞） |

MP3-038

# B b

## [be]

● 發音

B在任何一個法文字裡，都是發[b]。

但是，如果B的前方有母音字母O時，有時候B不發濁音[b]，而要改發清音[p]。

● 唸唸看

★ [b]

| un biscuit | un banquet | un bâtiment |
|---|---|---|
| [œ̃ biskɥi] | [œ̃ bɑ̃kɛ] | [œ̃ batimɑ̃] |
| 硬餅乾 | 宴會 | 建築物 |

★ [p]

| un bruit | une bouteille | un obstacle |
|---|---|---|
| [œ̃ brɥi] | [yn butɛj] | [œ̃nɔpstakl] |
| 噪音 | 酒瓶 | 障礙（物） |

## [se]

### ● 發音

C的發音依其後所接之母音字母的不同而發[k]或[s]二個音。

其後所接之母音字母為A、O或U時，發[k]（同「ㄍ」）；如為E、I或Y時，則發[s]。

其後所接之字母為子音時，一定發[k]（同「ㄎ」）。

此外，當C的下方多了軟音符號而寫成Ç時，一定發[s]，且其後所接之母音字母必為A、O或U。

### ● 唸唸看

★ [k]

| un calme | une culture | un(e) concierge |
|---|---|---|
| [œ̃ kalm] | [yn kyltyr] | [œ̃(yn) kɔ̃sjɛrʒ] |
| 平靜 | 文化、耕作 | 看門人 |

★ [s]

| un cidre | une cendre | un garçon |
|---|---|---|
| [œ̃ sidr] | [yn sɑ̃dr] | [œ̃ garsɔ̃] |
| 蘋果酒 | 灰燼 | 男孩、服務生 |

51

MP3-040

# D d

## [de]

● 發音

D在任何一個法文字裡，都是發[d]，不會改變。

如果D在字尾，與下一個字連音時，此時的D要改發清音[t]。

● 唸唸看

★ [d]

| | | |
|---|---|---|
| **derrière**<br>[dɛrjɛr]<br>在…的後面<br>（介係詞） | **un disque**<br>[œ̃ disk]<br>唱片、盤狀物 | **une différence**<br>[yn diferãs]<br>差別、不同 |
| **une doute**<br>[yn dut]<br>疑惑、懷疑 | **un domicile**<br>[œ̃ domisil]<br>住所、住處 | **dynamique**<br>[dinamik]<br>有活力的、積極的<br>（形容詞） |
| **debout**<br>[d(ə)bu]<br>站著<br>（副詞） | **un danger**<br>[œ̃ dãʒe]<br>危險 | **durement**<br>[dyr(ə)mã]<br>嚴酷的<br>（副詞） |

MP3-041

# E e

## [ə]

### ● 發音

E會發[ə]、[e]和[ɛ]三個音。

詳細說明請見「發音規則、連音原則及縮寫原則」部分中「母音字母E的發音原則」。但是，E如果與另外的母音字母組合成組合母音時，就會改變發音（詳見「認識組合音」的「組合母音」）。

### ● 唸唸看

★ [ə]

| je | un chemin | une pelouse |
|---|---|---|
| [ʒə] | [œ̃ ʃ(ə)mɛ̃] | [yn p(ə)luz] |
| 我 | 小路、道路 | 草地 |

★ [e]   ★ [ɛ]

| concentrer | merci | une personne |
|---|---|---|
| [kõsãtre] | [mɛrsi] | [yn pɛrsɔn] |
| 集中、聚集 | 謝謝 | 人、人稱 |
| | （感嘆詞） | |

# F f

## [ɛf]

## ● 發音

F在任何一個法文字裡，都是發[f]。

如果F在字尾，與下一個字連音時，此時的F要改發[v]。

## ● 唸唸看

### ★ [f]

| une fois<br>[yn fwa]<br>次 | un foulard<br>[œ̃ fular]<br>方圍巾 | franchement<br>[frɑ̃ʃ(ə)mɑ̃]<br>果斷的、坦白的<br>（副詞） |
|---|---|---|
| une fin<br>[yn fɛ̃]<br>結束 | un futur<br>[œ̃ fytyr]<br>未來 | favorable<br>[favorabl]<br>令人喜愛的<br>（形容詞） |

### ★ [v]

| neuf ans<br>[nœvɑ̃]<br>九歲 | neuf enfants<br>[nœvɑ̃fɑ̃]<br>九個孩子 | neuf heures<br>[nœvœr]<br>九點鐘 |
|---|---|---|

MP3-043

# G g

## [ʒe]

● **發音**

G的發音依其後所接之母音字母的不同而發[g]或[ʒ]。

其後所接之母音字母為A、O、U時,發濁音[g];如為E、I或Y時,則發[ʒ]。

其後所接之字母為子音時,一定發[g]。

● **唸唸看**

★ [g]

**une gomme**
[yn gɔm]
橡皮擦

**une galerie**
[yn gal(ə)ri]
畫廊、藝術品商店

**une gustation**
[yn gystasjõ]
味覺、嚐味

★ [ʒ]

**un genou**
[œ̃ ʒ(ə)nu]
膝蓋

**une girafe**
[yn ʒiraf]
長頸鹿

★ [g]

**gris(e)**
[gri(z)]
灰色的
(形容詞)

MP3-044

# H h

## [aʃ]

● 發音

　　在任何一個法文字裡，H永遠都不發音。但實際上，H分成二個不發音的音：啞音H(h muet)與噓音H(h aspiré)。在字典裡，噓音H開頭的字前方，都會有一符號註記。此時，該字即不可與前方的字連音或縮寫（詳見「發音規則、連音原則及縮寫原則」的「縮寫原則」）。

● 唸唸看

★ [ ]

| **un hôtel**<br>[ɛ̃notɛl]<br>旅館、飯店 | **un homme**<br>[ɛ̃nɔm]<br>男人 | **un hôpital**<br>[ɛ̃nopital]<br>醫院 |
|---|---|---|
| **un héro**<br>[ɛ̃ ero]<br>英雄 | **un hibou**<br>[ɛ̃ ibu]<br>貓頭鷹 | **historique**<br>[istorik]<br>歷史的<br>（形容詞） |

## [i]

### ● 發音

I的發音就如同字母的讀音。

在任何一個法文字的任何一個音節中，單獨一個I與子音字母在一起時，不論子音字母在前方或在後方，I永遠都是發[i]。

但是，I的後面如果有另一個母音字母時，就要改變發音為半母音[j]（詳見「認識組合音」的「半母音」）。

### ● 唸唸看

★ [i]

| **ici** | **une idée** | **une imagination** |
|---|---|---|
| [isi] | [ynide] | [ynimaʒinasjõ] |
| 這裡 | 主意 | 想像力 |

★ [j]

| **isolable** | **un itinéraire** | **national** |
|---|---|---|
| [izolabl] | [œ̃nitinerɛr] | [nasjonal] |
| 可隔離的 | 路線 | 國家的 |
| （形容詞） | | （形容詞） |

MP3-046

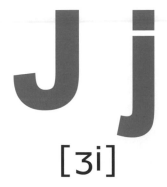

# J j
## [ʒi]

● **發音**

J在任何一個法文字裡，都是發[ʒ]，不會改變。

● **唸唸看**

★ [ʒ]

| un jeu<br>[œ̃ ʒø]<br>遊戲 | jeune<br>[ʒœn]<br>年輕的<br>（形容詞） | une jalousie<br>[yn ʒaluzi]<br>嫉妒 |
|---|---|---|
| une joie<br>[yn ʒwa]<br>歡樂、喜悅 | une joue<br>[yn ʒu]<br>面頰 | joyeusement<br>[ʒwajøz(ə)mã]<br>快樂的<br>（副詞） |
| jamais<br>[ʒamɛ]<br>從不<br>（副詞） | une justice<br>[yn ʒystis]<br>公正、公平 | un jugement<br>[œ̃ ʒyʒ(ə)mã]<br>審判、判決 |

# K k

## [ka]

● 發音

K發[k]（同「ㄍ」或「ㄎ」）。

原則上，K的後方接著母音字母時，要發同「ㄍ」的音；反之，後方接著子音字母時，要發同「ㄎ」的音。

如果後方接著半母音時，也發同「ㄎ」的音。

不過，平時較不常看到有K在內的字。

● 唸唸看

★ [k]（同「ㄍ」）

| **un képi** | **un kilomètre** | **un kidnappage** |
|:---:|:---:|:---:|
| [œ̃ kepi] | [œ̃ kilomɛtr] | [œ̃ kidnapaʒ] |
| 法國軍帽 | 公里 | 綁架 |

★ [k]（同「ㄎ」）

| **un kiosque** | **un kroumir** | **un(e) kiosquaire** |
|:---:|:---:|:---:|
| [œ̃ kjɔsk] | [œ̃ krumir] | [œ̃(yn) kjɔskɛr] |
| 涼亭 | 羊皮襪鞋 | 報亭報販 |

 MP3-048

# [εl]

## ● 發音

L在任何一個法文字裡，都是發[l]，不會改變。

## ● 唸唸看

### ★ [l]

| un lait<br>[œ̃ lε]<br>奶、乳 | un lacet<br>[œ̃ lasε]<br>鞋帶 | une lecture<br>[yn lεktyr]<br>閱讀 |
|---|---|---|
| un livre<br>[œ̃ livr]<br>書 | lentement<br>[lɑ̃t(ə)mɑ̃]<br>緩慢的<br>（副詞） | une libraire<br>[yn librεr]<br>書店 |
| un loyer<br>[œ̃ lwaje]<br>房租 | la Lune<br>[la lyn]<br>月亮 | un logement<br>[œ̃ lɔʒ(ə)mɑ̃]<br>住所 |

# M m

## [ɛm]

● 發音

M在任何一個法文字裡，都是發[m]，不會改變。

如果前方有母音字母且後方有子音字母B或P，則M會與前方的母音字母組合成鼻母音（詳見鼻母音）。

● 唸唸看

★ [m]

| un membre<br>[œ̃ mãbr]<br>成員 | une machine<br>[yn maʃin]<br>機器 | un médicament<br>[œ̃ medikamã]<br>藥物 |
|---|---|---|
| mince<br>[mɛ̃s]<br>薄的、瘦長的<br>（形容詞） | une minute<br>[yn minyt]<br>分 | une médaille<br>[yn medaj]<br>獎章 |
| un moulin<br>[œ̃ mulɛ̃]<br>磨坊 | une moitié<br>[yn mwatje]<br>一半 | une musique<br>[yn myzik]<br>音樂 |

MP3-050

# N n

# [ɛn]

## ● 發音

N在任何一個法文字裡，都是發[n]，不會改變。

如果前方有母音字母，則N會與其組合成鼻母音（詳見鼻母音）。

## ● 唸唸看

### ★ [n]

| une neige<br>[yn nɛʒ]<br>雪 | un navire<br>[œ̃ navir]<br>船、艦 | une natation<br>[yn natasjõ]<br>游泳 |
|---|---|---|
| noble<br>[nɔbl]<br>貴族的、崇高的<br>（形容詞） | un nœud<br>[œ̃ nø]<br>結 | négligemment<br>[negliʒamã]<br>粗心大意的<br>（副詞） |
| une nuit<br>[yn nɥi]<br>夜晚 | un numéro<br>[œ̃ nymero]<br>號、號碼 | une nouveauté<br>[yn nuvote]<br>新穎、新鮮事物 |

# O o

# [o]

## ● 發音

O發[o]和[ɔ]。

　在任何一個法文字的任何一個音節中，單獨一個O與後方的子音字母在一起時，如果後方的子音字母會發音，則O要發[ɔ]；反之，如果後方的子音字母不發音，則O要發[o]。

　但是，O如果與另一個母音字母組合成組合母音時，就會改變發音（詳見組合母音）。

## ● 唸唸看

★ [o]

| un coco<br>[œ̃ koko]<br>椰子 | une odeur<br>[ynodœr]<br>氣味 | un chômage<br>[œ̃ ʃomaʒ]<br>失業 |
|---|---|---|

★ [ɔ]

| un or<br>[œ̃nɔr]<br>黃金 | optique<br>[ɔptik]<br>光學的<br>（形容詞） | une porte<br>[yn pɔrt]<br>門 |
|---|---|---|

63

# P p

## [pe]

### ● 發音

P發[p]（同「ㄅ」或「ㄆ」）。

原則上，P的後方接著母音字母時，要發同「ㄅ」的音；反之，後方接著子音字母時，要發同「ㄆ」的音。

如果後方接著半母音時，也發同「ㄆ」的音。

### ● 唸唸看

★ [p]（同「ㄅ」）

| un palier<br>[œ̃ palje]<br>樓梯平臺 | un peigne<br>[œ̃ pɛɲ]<br>梳子 | une police<br>[yn polis]<br>警察 |
|---|---|---|

★ [p]（同「ㄆ」）

| psychique<br>[psiʃik]<br>精神的<br>（形容詞） | une prudence<br>[yn prydɑ̃s]<br>謹慎 | une puissance<br>[yn pɥisɑ̃s]<br>權勢 |
|---|---|---|

**[ky]**

### ● 發音

Q的發音與K相同，都發[k]（同「ㄍ」或「ㄎ」）。

原則上，Q和U大都在一起，較少單獨拼字；出現時也多半在字尾，此時要發同「ㄎ」的音。

QU在一起時，後方必接母音字母，此時要發同「ㄍ」的音。然而，當QU與母音字母E在字尾時，一定發同「ㄎ」的音。

另外，只有少數字裡的QU會發[kw]。

### ● 唸唸看

| ★ [k]（同「ㄎ」） | ★ [k]（同「ㄍ」） | |
|---|---|---|
| **un coq**<br>[œ̃ kɔk]<br>公雞 | **un quai**<br>[œ̃ kɛ]<br>碼頭、堤岸 | **qui**<br>[ki]<br>誰 |

| ★ [k]（同「ㄍ」） | ★ [k]（同「ㄎ」） | ★ [kw] |
|---|---|---|
| **quand**<br>[kɑ̃]<br>何時 | **une banque**<br>[yn bɑ̃k]<br>銀行 | **quadruple**<br>[kwadrypl]<br>四倍的<br>（形容詞） |

MP3-054

# R r

## [εr]

### ● 發音

R在任何一個法文字裡，都是發[r]，不會改變，既不打舌也不捲舌。

### ● 唸唸看

★ [r]

| une radio<br>[yn radjo]<br>收音機 | un raisin<br>[œ̃ rɛzɛ̃]<br>葡萄 | une racine<br>[yn rasin]<br>根 |
|---|---|---|
| un refus<br>[œ̃ r(ə)fy]<br>拒絕 | ridicule<br>[ridikyl]<br>荒謬的<br>（形容詞） | une recette<br>[yn r(ə)sɛt]<br>烹飪法 |
| une ruine<br>[yn rɥin]<br>遺址、廢墟 | un retard<br>[œ̃ r(ə)tar]<br>遲到 | romantique<br>[romɑ̃tik]<br>浪漫的<br>（形容詞） |

**MP3-055**

# S s

# [εs]

● **發音**

S發[s]或[z]。

　原則上，S的前方無母音字母時，要發[s]；反之，前方及後方都有母
音字母或母音時，要發[z]。

● **唸唸看**

★ [s]

| un poisson<br>[õ pwasõ]<br>魚 | un dessert<br>[õ desεr]<br>餐後點心 | un souhait<br>[õ swε]<br>願望 |
|---|---|---|

★ [z]

| une usine<br>[ynyzin]<br>工廠 | un désert<br>[õ dezεr]<br>沙漠 | un poison<br>[õ pwazõ]<br>毒藥 |
|---|---|---|

MP3-056

# [te]

## ● 發音

T發[t]（同「ㄉ」或「ㄊ」）。

原則上，T的後方接著母音字母時，要發同「ㄉ」的音；反之，後方接著子音字母時，要發同「ㄊ」的音。

另外，在少數一些字裡，T的後方接著母音字母I時，T要發[s]。

## ● 唸唸看

### ★ [t]（同「ㄉ」）

| un talent | un témoignage | une tulipe |
|---|---|---|
| [œ̃ talɑ̃] | [œ̃ temwaɲaʒ] | [yn tylip] |
| 才華 | 證據 | 鬱金香 |

### ★ [t]（同「ㄊ」）　　　　★ [s]

| très | un transport | une diplomatie |
|---|---|---|
| [trɛ] | [œ̃ trɑ̃spɔr] | [yn diplomasi] |
| 非常 | 運輸 | 外交學、外交 |
| （副詞） | | |

# U u

## [y]

● 發音

U的發音就如同字母的讀音。

在任何一個法文字的任何一個音節中，單獨一個U與子音字母在一起時，不論子音字母在前方或在後方，U永遠都是發[y]。

但是，U的後面如果有另一個母音字母時，就要改變發音為半母音[ɥ]（詳見半母音）。

● 唸唸看

★ [y]

| utile<br>[ytil]<br>有用的<br>（形容詞） | unique<br>[ynik]<br>唯一的<br>（形容詞） | un usage<br>[œ̃nyzaʒ]<br>應用 |
|---|---|---|

★ [ɥ]

| une unité<br>[ynynite]<br>單元、團結 | huit<br>[ɥit]<br>八 | une huile<br>[ynɥil]<br>油 |
|---|---|---|

# V v

# [ve]

## ● 發音

V在任何一個法文字裡，都是發[v]，不會改變。

## ● 唸唸看

### ★ [v]

| une vache<br>[yn vaʃ]<br>母牛 | une vague<br>[yn vag]<br>波浪 | un vaccin<br>[œ̃ vaksɛ̃]<br>疫苗 |
|---|---|---|
| un vent<br>[œ̃ vã]<br>風 | une vaisselle<br>[yn vɛsɛl]<br>餐具 | un véhicule<br>[œ̃ veikyl]<br>車輛 |
| vide<br>[vid]<br>空的<br>（形容詞） | une voix<br>[yn vwa]<br>聲音 | un voyage<br>[œ̃ vwajaʒ]<br>旅行 |

# W w

## [dubləve]

● 發音

W發[v]或[w]。

　原則上，法語的原生字大都發[v]；外來字才發[w]，以示尊重原語言之發音。不過，平時較不常看到有W在內的字。

● 唸唸看

★ [v]

| **un wagon**<br>[œ̃ vagõ]<br>旅行轎車 | **une wallace**<br>[yn valas]<br>噴泉式飲水器 | **un wistaria**<br>[œ̃ vistarja]<br>紫藤、朱藤 |
|---|---|---|

★ [w]

| **un week-end**<br>[œ̃ wikɛnd]<br>週末 | **un wapiti**<br>[œ̃ wapiti]<br>馴鹿 | **un whisky**<br>[œ̃ wiski]<br>威士忌 |
|---|---|---|

# [iks]

## ● 發音

X的發音依其後所接之字母的不同而發[gz]或[ks]二個音。

其後所接之字母為母音字母時,大都發[gz];如為子音字母時,則發[ks]。

但在某些特殊的字裡,X會發[s]。

## ● 唸唸看

### ★ [gz]

| un exemple<br>[œ̃nɛgzɑ̃pl]<br>範例 | un exercice<br>[œ̃nɛgzɛrsis]<br>練習、訓練 | une existence<br>[ynɛgzistɑ̃s]<br>存在 |
|---|---|---|

### ★ [ks]　　　　　　　　　　　　　★ [s]

| extrême<br>[ɛkstrɛm]<br>盡頭的、最末的<br>(形容詞) | une expertise<br>[ynɛkspɛrtiz]<br>鑒定 | soixante<br>[swasɑ̃t]<br>六十 |
|---|---|---|

[igrɛk]

● 發音

Y的發音就如同母音字母I。

在任何一個法文字的任何一個音節中，單獨一個Y與子音字母在一起時，不論子音字母在前方或在後方，Y永遠都是發[i]。

但是，Y的後面有母音字母時，則要發半母音[j]；後面有子音字母N或M時，就有可能要改發鼻母音[ɛ̃]（詳見鼻母音）；當Y的前、後方都有母音字母時，請見「母音字母Y的發音原則」。

● 唸唸看

★ [i]

| un cygne | une syllabe | une dynastie |
|---|---|---|
| [œ̃ siɲ] | [yn silab] | [yn dinasti] |
| 天鵝 | 音節 | 朝代 |

★ [j]          ★ 後加N或M

| un yaourt | un symbole | une gymnastique |
|---|---|---|
| [œ̃ jaurt] | [œ̃ sɛ̃bɔl] | [yn ʒimnastik] |
| 酸乳酪 | 象徵 | 體操、健身房 |

MP3-062

# Z z

## [zɛd]

● **發音**

Z在任何一個法文字裡，都是發[z]，不會改變。

● **唸唸看**

★ [z]

| un zèle<br>[œ̃ zɛl]<br>虔誠 | un zèbre<br>[œ̃ zɛbr]<br>斑馬 | un zeste<br>[œ̃ zɛst]<br>柑橘類水果的果皮 |
|---|---|---|
| une zip<br>[yn zip]<br>拉鏈 | un zinnia<br>[œ̃ zinja]<br>百日草 | une zibeline<br>[yn zib(ə)lin]<br>貂皮 |
| zéro<br>[zero]<br>零 | une zone<br>[yn zɔn]<br>地帶 | un zodiaque<br>[œ̃ zodjak]<br>黃道帶 |

# MEMO

# 四

# 認識組合音

## 學習重點

1. 組合母音

2. 鼻母音

3. 半母音

4. 組合子音

5. 特殊組合音

olorpe ro soyez chouette pour une foisLe patron du golf miniatureLe patron du golf miniature Le patron du golf miniature L'e

Mamert était assis sur le trou il tardait un peu à reveniril tardait un peu à revenir il tardait un peu à revenir il a dit

rien chouette le golf miniature si le golf miniature ne vous plaît pas si le golf miniature ne vous plaît pas quand il nous a

des gens qui attendent pour jouer il faut passer par des petits châteaux Je le lui ai dit et je l'ai embrassé parce que Nic

it à Mamert que ça allait comme ça ne dégoûtez pas les autres du golf miniatur en moins de coups de bâton possible comme à l'

ée et le patron du golf miniature est venu en courant a dit Mamert à son papa en montrant mon papa Et il est parti ils jou

qu'il y avait des gens qui attendaient pour faire du golf miniature a dit Côme et il a voulu commencer à jouer a dit Blaise

que le patron du golf miniature ne nous laisse pas jouer si on n'est pas accompagnés par Il n'y a que le premier trou qui est f

st passée par-dessus la grille et qui est allée taper contre une auto qui était arrêtée sur la Comme on a bien rigolé a dit l'o

urd'hui on a décidé d'aller jouer au golf miniature qui se trouve à côté du magasin ou on a répondu le patron du golf minia

dix-huit trous et on vous donne des balles et des bâtons et il faut mettre les balles dans les trous on verra à qui il donnera re

drôlement loin dans l'alphabet et à l'école c'est chouette a dit Papa qui lisait son journal sur la plage qu'il jouerait un autre

ux aller très loin en faisant du crawl je vous emmène au golf miniature Et tous les copains étaient drôlement pour Papa Et

ie fac mais moi je suis sûr que c'est des blagues Et puis est arrivé Mamert avec son papa a demandé le monsieur qui atte

donné un coup de bâton terrible dans la balle qui a sauté en l'air on a décidé de revenir demain pour essayer le deuxième

arriver jusqu'aux trous j'ai pas besoin de pédalo qu'il est bête celui-là a dit le papa de Mamert c'est moi qui vais jouer Et

jouer un pédalo je vais vous l'expliquer une grande personne vend des souvenirs Qu'est-ce qu'il y a Ernest Ce que je ne sais

tron du golf miniature est venu dire à Papa qu'il faudrait que nous commencions à jouer je vous emmène au golf minia

olf miniature m'a dit Mamert c'est terrible terrible c'est terrible c'est terrible c'est terrible a dit un monsieur A votre

MP3-063

在法文裡，除了每個字母都有相對應的發音外，字母與字母的組合也能發出另一種音，這就是組合音。

在本書內，組合音分成了「組合母音」、「鼻母音」、「半母音」、「組合子音」與「特殊組合音」等五類。請先對上述五類組合音有所概念後，再一一練習個別的組合音。

## 1. 組合母音：

為母音字母與母音字母的組合。法語的每個母音字母都發一個母音，而在每個音節裡只能有一個母音。因此，如果一個音節裡有二個或三個母音字母時，就必須將它們合併發出第三個音，這就是組合母音。

## 2. 鼻母音：

意即發音時由鼻腔所發出的音。在法語裡，鼻母音是由母音字母與子音字母N或M所組成的。

## 3. 半母音：

在「組合母音」部分提過組合母音的成因，而半母音也是源自同一原則。只不過，因為發半母音的原始母音字母無法與其後的母音字母一起組合成組合母音，只好變成半母音配合後方的母音字母發音。

## 4. 組合子音：

意即子音字母與子音字母或是子音字母與後方之母音字母的組合。

## 5. 特殊組合音：

有些組合無法歸類在上述四類中，就屬於特殊組合音。

## （一） 組合母音

# ai au

## [ε]　　　[o]

● 發音

　A和I連在一起時發[ε]。

　A和U連在一起時發[o]。

● 唸唸看

★ ai[ε]

| une aide | une aiguille | aimable |
|---|---|---|
| [ynɛd] | [ynɛkɥij] | [ɛmabl] |
| 幫助 | 針 | 討人喜歡的<br>（形容詞） |

★ au[o]

| autre | aujourd'hui | une autruche |
|---|---|---|
| [otr] | [oʒurdɥi] | [ynotryʃ] |
| 另外的、別的<br>（形容詞） | 今天 | 駝鳥 |

# eau ei

## [o]          [ε]

## ● 發音

E和AU連在一起時發[o]。

E和I連在一起時發[ε]。

## ● 唸唸看

### ★ eau[o]

| une eau | un cadeau | un château |
|---|---|---|
| [yno] | [œ̃ kado] | [œ̃ ʃato] |
| 水 | 禮物 | 城堡 |

### ★ ei[ε]

| seize | un seigle | un renseignement |
|---|---|---|
| [sεz] | [œ̃ sεgl] | [œ̃ rãsεɲ(ə)mã] |
| 十六 | 黑麥 | 消息 |

# oi ou

## [wa]　　　　[u]

● **發音**

O和I連在一起時發[wa]。

O和U連在一起時發[u]。

● **唸唸看**

★ oi[wa]

| une loi<br>[yn lwa]<br>法律 | une croix<br>[yn krwa]<br>十字架 | un oiseau<br>[ɶ̃nwazo]<br>鳥 |
|---|---|---|

★ ou[u]

| où<br>[u]<br>何處 | un oubli<br>[ɶ̃nubli]<br>遺忘 | un outil<br>[ɶ̃nutil]<br>工具 |
|---|---|---|

MP3-066

# eu œu

## [ø / œ]　　[ø / œ]

● 發音

E和U連在一起、Œ或Œ和U連在一起時發[ø]或[œ]。

這二個組合並無固定的發音，端看在音節中，其後方是否有要發音的子音字母。如有，則發[œ]；反之，則發[ø]。

有時候Œ在字首時也會發[e]

● 唸唸看

★ [ø]

| des œufs | une chanteuse | une vendeuse |
|---|---|---|
| [dezø] | [yn ʃɑ̃tøz] | [yn vɑ̃døz] |
| 蛋（複數） | 女歌手 | 女銷售員 |

★ [œ]　　　　　　　　　　　　　　★ [e]

| un œuf | un vendeur | un œsophage |
|---|---|---|
| [œ̃nœf] | [œ̃ vɑ̃dœr] | [œ̃nezofaʒ] |
| 蛋（單數） | 男銷售員 | 食道 |

## （二） 鼻母音

MP3-067

# an en

# [ã] [ã / ɛ̃]

● 發音

A、E與N在一起時，發鼻母音[ã]。但有時候，EN的前方有I時，EN也可能會發[ɛ̃]。

A、E除了與N在一起時會發鼻母音之外，與M在一起時也可以發相同的鼻母音，不過，M的後方必須是子音字母B或P才行。

● 唸唸看

★ [ã]

| encore | la France | tranquille |
|---|---|---|
| [ãkɔr] | [la frãs] | [trãkil] |
| 又、仍 | 法國 | 平靜的 |
| | | （形容詞） |

★ [ɛ̃]

| un embarquement | un lien | bien |
|---|---|---|
| [œ̃nãbark(ə)mã] | [œ̃ ljɛ̃] | [bjɛ̃] |
| 登機、上船、上車 | 聯繫、鏈 | 好的 |
| | | （副詞） |

MP3-068

# on un

## [õ]  [œ̃]

### ● 發音

O與N連在一起時，發鼻母音[õ]。

U與N連在一起時，發鼻母音[œ̃]。

O、U除了與N連在一起時會發鼻母音之外，與M連在一起時也可以發相同的鼻母音，但是M的後方必須是子音字母B或P才行。不過，還是有少數的例外。

### ● 唸唸看

★ on(m)[õ]

| un pont | une ombre | une population |
|---|---|---|
| [œ̃ põ] | [ynõbr] | [yn popylasjõ] |
| 橋 | 陰影 | 人口 |

★ un(m)[œ̃]

| brun | un lundi | un parfum |
|---|---|---|
| [brœ̃] | [œ̃ lœ̃di] | [œ̃ parfœ̃] |
| 棕色的、褐色的<br>（形容詞） | 星期一 | 香料、香水 |

# in yn

# [ɛ̃]　　　[ɛ̃]

## ● 發音

　　I、Y與N連在一起時，發鼻母音[ɛ̃]。在I之前也可能會有母音字母A或E，也都一起發[ɛ̃]。

　　I、Y除了與N連在一起時會發鼻母音以外，與M連在一起時也可以發相同的鼻母音，但是M的後方必須是子音字母B或P才行。不過，還是有少數的例外。

## ● 唸唸看

### ★ [ɛ̃]

| une incendie | incroyable | un syndicat |
|---|---|---|
| [ynɛ̃sãdi] | [ɛ̃krwajabl] | [œ̃ sɛ̃dika] |
| 火災 | 難以置信的（形容詞） | 工會 |

| un pain | un peintre | un impôt |
|---|---|---|
| [œ̃ pɛ̃] | [œ̃ pɛ̃tr] | [œ̃nɛ̃po] |
| 麵包 | 畫家 | 稅 |

## （三） 半母音

**MP3-070**

# i+母音 u+母音
# [j] [ɥ]

### ● 發音

I與A、E、O連在一起時，無法再組合成另一個組合母音，此時的I就發半母音[j]。

U與A、E、I連在一起時，無法再組合成另一個組合母音，此時的U就發半母音[ɥ]。

### ● 唸唸看

★ [j]

| un ciel | inoubliable | une nationalité |
|---|---|---|
| [œ̃ sjɛl] | [inubljabl] | [yn nasjonalite] |
| 天空 | 難忘的<br>（形容詞） | 國籍 |

★ [ɥ]

| lui | un nuage | un manuel |
|---|---|---|
| [lɥi] | [œ̃ nɥaʒ] | [œ̃ manɥɛl] |
| 他 | 雲 | 課本、手冊 |

# OU+母音

# [w]

## ● 發音

OU本身是組合母音,如果再與A、E、I連在一起,便無法組合成另一個組合母音,此時,OU就發半母音[w]。

## ● 唸唸看

### ★ [w]

| oui<br>[wi]<br>是 | ouest<br>[wɛst]<br>西方的<br>（形容詞） | jouer<br>[ʒwe]<br>遊戲、玩耍 |
|---|---|---|
| un fouet<br>[œ̃ fwɛ]<br>鞭子 | louable<br>[lwabl]<br>可出租的<br>（形容詞） | une douane<br>[yn dwan]<br>海關 |
| un avoué<br>[œ̃navwe]<br>訴訟代理人 | souhaitable<br>[swɛtabl]<br>合乎願望的<br>（形容詞） | une jouissance<br>[yn ʒwisɑ̃s]<br>享樂 |

## （四） 組合子音

MP3-072

# ch +母音  ch +子音

## [ʃ]          [k]

● 發音

　　CH在任何一個法文字裡，後方接的是母音字母時，都是發[ʃ]，但是偶有例外。

　　CH在任何一個法文字裡，後方接的是子音字母時，都是發[k]，不會改變。

● 唸唸看

★ [ʃ]

| un chat | un chien | une chance |
|---|---|---|
| [œ̃ ʃa] | [œ̃ ʃjɛ̃] | [yn ʃɑ̃s] |
| 貓 | 狗 | 運氣 |

★ [k]

| un chœur | un christianisme | un chrysanthème |
|---|---|---|
| [œ̃ kœr] | [œ̃ kristjanism] | [œ̃ krizɑ̃tɛm] |
| 合唱團 | 基督教 | 菊花 |

MP3-073

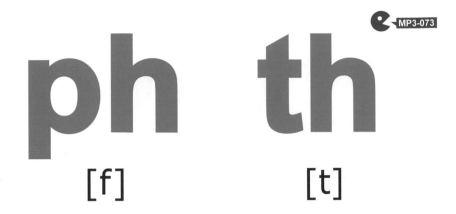

# ph  th
## [f]        [t]

● 發音

　　PH在任何一個法文字裡，都是發[f]，不會改變。通常其後都接母音字母。

　　TH在任何一個法文字裡，都是發[t]，不會改變。通常其後都接母音字母，[t]發「ㄅ」的音，只有少數接子音時才發「ㄊ」的音。

● 唸唸看

★ [f]

| **une photo**<br>[yn foto]<br>相片 | **une pharmacie**<br>[yn farmasi]<br>藥房 | **une philosophie**<br>[yn filosofi]<br>哲學 |
| --- | --- | --- |

★ [t]

| **un thé**<br>[õe te]<br>茶 | **un thym**<br>[õe tɛ̃]<br>百里香 | **un théâtre**<br>[õe teatr]<br>戲劇 |
| --- | --- | --- |

89

# gn
## [gn / ɲ]

● 發音

GN在法文字裡，可以發[gn]或[ɲ]。

發[gn]時，把GN當一般字母依發音規則發音；但為了某些特殊字時，才會發[ɲ]。

● 唸唸看

★ [gn]

| un ignifuge<br>[œ̃nignifyʒ]<br>防火材料 | cognitif<br>[kɔgnitif]<br>認識的 |
|---|---|

★ [ɲ]

| une signature<br>[yn siɲatyr]<br>簽名 |
|---|

★ [ɲ]

| une montagne<br>[yn mõtaɲ]<br>山 | une campagne<br>[yn kãpaɲ]<br>鄉下 | une compagnie<br>[yn kõpaɲi]<br>公司、陪同 |
|---|---|---|

# gu
## [gy / g]

● **發音**

GU在法文字裡，可以發[gy]或[g]。

發[gy]時，把GU當成二個字母，直接依個別的發音規則發音；如果U的後方接了另一個母音字母時，U要改發半母音[ɥ]或[w]；但在某些字裡才會發[g]。

● **唸唸看**

★ [gy]

| **une guzla** | **aigu** | **une linguistique** |
|---|---|---|
| [yn gyzla] | [ɛgy] | [yn lɛ̃gɥistik] |
| 單弦小提琴 | 尖音的<br>（形容詞） | 語言學 |

★ [g]

| **un guide** | **une langue** | **un dialogue** |
|---|---|---|
| [œ̃ gid] | [yn lɑ̃g] | [œ̃ djalɔg] |
| 導遊、入門書 | 舌、語言 | 對話 |

91

MP3-076

# qu
## [k]

● 發音

QU在法文字裡是經常一起出現的，發[k]（同「ㄍ」或「ㄎ」）。

原則上，QU的後方接著母音字母時，要發同「ㄍ」的音；而當後方接著母音字母E且又在字尾時，要發同「ㄎ」的音。

● 唸唸看

★ [k]（同「ㄍ」）

| quelqu'un<br>[kɛlkœ̃]<br>某人 | une question<br>[yn kɛstjõ]<br>問題 | une enquête<br>[ynãkɛt]<br>調查 |
| --- | --- | --- |

★ [k]（同「ㄎ」）

| une boutique<br>[yn butik]<br>商店 | un moustique<br>[œ̃ mustik]<br>蚊子 | une phonétique<br>[yn fonetik]<br>語音 |
| --- | --- | --- |

## （五） 特殊組合音

# emme

# [am]

● 發音

EMME在法文字裡是比較特殊的組合，發[am]。

原則上，EMME的前方會接子音字母，但並不是所有出現此種組合的字都這麼發音。

● 唸唸看

★ [am]

| **une femme**<br>[yn fam]<br>女人、太太 | **évidemment**<br>[evidamã]<br>明顯的<br>（副詞） | **récemment**<br>[resamã]<br>最近<br>（副詞） |
|---|---|---|
| **prudemment**<br>[prydamã]<br>謹慎的<br>（副詞） | **violemment**<br>[vjolamã]<br>猛烈的、劇烈的<br>（副詞） | **patiemment**<br>[pasjamã]<br>耐心的<br>（副詞） |

MP3-078

# tion
# sion

## [sjõ]

● 發音

TION及SION在法文字裡都發[sjõ]。

　　但是，TION的前方如為子音字母S時，則發[tjõ]；而SION的前方是母音字母時，則發[zjõ]。

● 唸唸看

★ [sjõ]

| une station | une passion |
|---|---|
| [yn stasjõ] | [yn pasjõ] |
| 車站 | 激情 |

★ [zjõ]

| une vision |
|---|
| [yn vizjõ] |
| 視力 |

# il ille

[j]　　　　　　　　[ij]

## ● 發音

IL在法文字的字尾時，會發[j]，但也有少數的字發[il]。

ILLE可在法文字的字中及字尾，可發[ij]亦可發[j]；而也有少數的字發[il]。

## ● 唸唸看

★ [j]

| le Soleil | un appareil |
|---|---|
| [lə solɛj] | [œ̃naparɛj] |
| 太陽 | 儀器 |

★ [il]

| un fil |
|---|
| [œ̃ fil] |
| 線 |

★ [ij]

| une fillette | un cillement |
|---|---|
| [yn fijɛt] | [œ̃ sijmã] |
| 小姑娘、少女 | 眨眼 |

★ [il]

| une ville |
|---|
| [yn vil] |
| 城市 |

# 五

# 發音規則、連音原則及縮寫原則

## 學習重點

1. 基本規則

2. 母音字母E的發音原則

3. 母音字母Y的發音原則

4. 連音原則

5. 縮寫原則

lorpe ro soyez chouette pour une foisLe patron du golf miniatureLe patron du golf miniature Le patron du golf miniature L'en

Mamert était assis sur le trou il tardait un peu à reveniril tardait un peu à revenir il tardait un peu à revenir il a dit Po

rien chouette le golf miniature si le golf miniature ne vous plaît pas si le golf miniature ne vous plaît pas quand il nous a

des gens qui attendent pour jouer il faut passer par des petits châteaux Je le lui ai dit et je l'ai embrassé parce que Nico

à Mamert que ça allait comme ça ne dégoûtez pas les autres du golf miniatur en moins de coups de bâton possible comme à l'é

ée et le patron du golf miniature est venu en courant a dit Mamert à son papa en montrant mon papa Et il est parti ils jouer

qu'il y avait des gens qui attendaient pour faire du golf miniature a dit Côme et il a voulu commencer à jouer a dit Blaise re

ue le patron du golf miniature ne nous laisse pas jouer si on n'est pas accompagnés par Il n'y a que le premier trou qui est fa

passée par-dessus la grille et qui est allée taper contre une auto qui était arrêtée sur la Comme on a bien rigolé a dit l'ag

rd'hui on a décidé d'aller jouer au golf miniature qui se trouve à côté du magasin où on a répondu le patron du golf miniat

dix-huit trous et on vous donne des balles et des bâtons et il faut mettre les balles dans les trous on verra à qui il donnera rai

rôlement loin dans l'alphabet et à l'école c'est chouette a dit Papa qui lisait son journal sur la plage qu'il jouerait un autre j

x aller très loin en faisant du crawl je vous emmène au golf miniature Et tous les copains étaient drôlement pour Papa Et p

fac mais moi je suis sûr que c'est des blagues Et puis est arrivé Mamert avec son papa a demandé le monsieur qui atten

nné un coup de bâton terrible dans la balle qui a sauté en l'air on a décidé de revenir demain pour essayer le deuxième t

arriver jusqu'aux trous j'ai pas besoin de pédalo qu'il est bête celui-là a dit le papa de Mamert c'est moi qui vais jouer Et

ouer un pédalo je vais vous l'expliquer une grande personne vend des souvenirs Qu'est-ce qu'il y a Ernest Ce que je ne sais

ron du golf miniature est venu dire à Papa qu'il faudrait que nous commencions à jouer je vous emmène au golf miniat

f miniature m'a dit Mamert c'est terriblec'est terriblec'esterriblec'est terriblec'est terriblec'est terrible a dit un monsieur À votre

**MP3-080**

認識了音標，學會了字母，且了解過組合音之後，您已經可以看字發音了。但是，法語的發音還是有些規則要先說明，才能正確的發音。

本章將介紹「基本規則」、「母音字母E的發音原則」、「母音字母Y的發音原則」、「連音原則」及「縮寫原則」。

其中的連音，是您在初學法語時最不習慣的部分。在過往學習英語的經驗中，我們都不曾在課堂上學到英語的連音。但是常常在電影對白及歌曲的歌詞中，會聽到英語的連音。而法語更常連音，連音的程度比英語還要高。正因如此，本書必須將連音的原則先讓您知道。對法國人來說，連音已經成為了習慣。所以，在初學法語的同時，就必須要了解並習慣連音。

此外，在法文句子裡，經常會看到二個字中間有縮寫符號，但是，不是隨便二個字都可以相親相愛縮在一起喔！而且，能被縮寫符號取代的字母只有三個而已，有關此縮寫原則，也將在本章說明。

## 1. 基本規則

① 法文字的發音規則，和以前學過的英文字有一個很大的不同點：每個字的最後一個字母如為子音字母時，該字母不發音，即使是因為變成複數而在字尾加上的S或X等字母，亦不發音。例字： « un billet » [œ̃ bijɛ] （一張車票）； « des billets » [de bijɛ] （許多車票）。

② 承①，在二十個子音字母中，有四個是例外：C、F、L和R。其中，F和L在字尾時一定會發音。例字： « vif » [vif] （活的）； « actuel » [aktɥɛl] （目前的）。但C和R要看字決定，這時就

必須個別記下單字了。例如，第一類動詞（ER結尾的動詞）的字尾R不發音。例字：《 parler 》[parle]（說話）。而與人有關的職業類名詞，其字尾的R要發音。例字：《 un vendeur 》[œ̃ vãdœr]（售貨員）。

③ 承①，某些數字的字尾子音也屬例外而必須發音。例字：《 six 》[sis]（六）。

④ 承①，如果字尾的子音字母為N時，請看前一個字母是否為母音字母。如果是，則必須與該母音字母一起發鼻母音，不可不發音。

⑤ 除了二個C以外，一個字裡有二個接續且一樣的子音字母（例如TT及MM）或二個接續且發音相同的子音字母（例如CK及SC），在發音時都只發一次。但如果是為了分辨音節時，則必須從二個字母間分開。例字：《 difficile 》[difisil]（困難的），字中二個相同的子音字母F只發一次[f]，但音節卻必須從二個F之間分開，成為dif-fi-ci-le。

⑥ 凡是規則必有例外。在學習過程中，遇見例外的字時，就只能看一個記一個了。

## 2. 母音字母E的發音原則　🔊 MP3-081

　　法文的母音字母E是個看似單純，但實際上卻很複雜的字母。當字母上方有音標符號（É、È、Ê、Ë）時，其發音為固定的（É發[e]；È、Ê及Ë發[ɛ]）；反之，沒有音標符號在上方的E，才是初學者要特別注意的。現在要說明的是沒有音標符號的E，在字裡如何發出正確的音。

　　以下三原則皆以「音節」為基礎，不論該音節在字首、字中或字尾都適用。

① 當E是音節裡的最後一個字母時，要發[ə]。但如果不是歌詞或詩詞，通常會被省略而不發音。這是因為在音節中，E之前通常會有個要發音的子音字母，而該子音在發音時，都會帶有[ə]的音。所以當此音節在字尾時，法國人多半不會發[ə]的音。但唱歌或朗誦詩詞時，往往為了節拍，才會發出[ə]的音。例字： « facile » [fasil]（容易的）。

② 當E在音節的中間，後方有一個要發音的子音字母時，要發開口音[ɛ]。例字： « merci » [mɛrsi]（謝謝）。

③ 當E在音節的中間，後方有一個不發音的子音字母時，要發閉口音[e]。這原則通常發生在第一類動詞的最後一個音節（詳見「基本規則」）。但仍有例外：名詞字尾為ET時，其中的T不發音，但其中的E卻要發開口音[ɛ]。例字： « juillet » [ʒɥijɛ]（七月）。

### 3. 母音字母Y的發音原則　`MP3-082`

因為法文字母Y的發音與I相同，故被視為母音字母。雖說如此，但在法文字裡，Y在某些組合中，會比I複雜。

① 在一個法文字裡，Y的前後都是子音字母時，發[i]。例字： « un système » [œ̃ sistɛm]（系統）；如果Y的前後都是母音字母時，Y就要被拆解為二個I來看：一前一後，前方的I與前方的母音字母結合成組合母音（詳見「組合母音」）；後方的I便與後方的母音字母連在一起，因無法結合為組合母音，此時就要發半母音[j]（詳見「半母音」）。例字： « un rayon » [œ̃ rɛjõ]（光線）。

② 如果Y的後方子音字母為N或M時，必須一起發鼻母音[ɛ̃]，例字：

« sympathique » [sɛ̃patik] （給人好感的）。但有時又有例外，例字：« une gymnastique » [yn ʒimnastik] （體操）。

### 4. 連音原則  MP3-083

連音，是初學法語者在口語表達方面最感頭痛的問題。對法國人來說，除了不能連音的少數字以外，其它的都能連，甚至於連成一串的都有。這是以前學英語時所不曾經歷過的。

本節所要介紹的連音，分成子音連音、母音連音與插入連音三類：

### ① 子音連音

在本章的「基本規則」裡提過，「每個字的最後一個字母如為子音字母時，該字母不發音」。如果一個以子音字母結尾的字，其後是一個以母音字母A、E、I、O、U、Y或子音字母啞音H(h muet)開頭的字時，前字字尾的子音字母要與後字字首的母音字母連著發音。例句：« Vous allez là ？» [vuzale la] （您去那裡嗎？）。前字 « Vous » 字尾的子音字母S，與後字 « allez » 字首的母音字母A要連著發音。此時，二個字唸起來如同一個字。就算是前字字尾的子音字母要發音，遇到此種情況，一樣也要連音。例句：« Il habite là ？» [ilabit la] （他住那裡嗎？）。

前字字尾子音字母為S、X時，連音時要發[z]；如為C、P、T等字母，連音時要發同「ㄍ」、「ㄅ」、「ㄉ」的音；又，如前字字尾子音字母為F，連音時要改發[v]；如前字字尾子音字母為D，連音時要改發清音[t]。

101

② **母音連音**

　　母音字母E在字尾時，通常都被省略而不發音，所以在字尾只會聽到E前方子音字母的音。雖說如此，如果後字字首是以母音字母A、E、I、O、U、Y或子音字母啞音H(h muet)開頭的字時，還是要連音，而所連的音是前字字尾母音字母E前方的子音字母與後字字首的母音字母。例句：« Elle habite ici. » [ɛlabitisi]（她住這裡。）。

③ **插入連音**

　　這種狀況很特殊，僅發生在單數第三人稱的主詞代名詞IL和ELLE這二個字身上。在疑問句中，當主詞IL和ELLE與動詞倒裝時，且動詞的字尾為被省略的母音字母E，則必須在動詞與主詞之間插入一個子音字母T並加連結符號。例句：« Habite-t-il à Taïpei ? » [abittil a taipɛ]（他住臺北嗎？）。

　　凡是原則必有例外。在法語中，不能連音的字有二：連接詞ET [e]與噓音H(h aspiré)。

① **連接詞ET**

　　ET是法語眾多連結詞的其中一個，如同英語中的AND。此字字首的母音字母E可與前字字尾的子音連音，但此字字尾的子音字母T絕不可與後字字首的母音字母連音。例字：« vingt et un » [vɛ̃te œ̃]（二十一），絕不可唸作 « vingt et un » [vɛ̃tetœ̃]。

② **噓音H(h aspiré)**

　　在「認識二十六字母及其發音」裡已介紹過H分成二個不發音的音，

其中一個就是噓音H(h aspiré)。以噓音H開頭的字不能與前字字尾子音字母連音。例句：《 Il hait la flatterie. 》[il ε la flatri] （他厭惡奉承拍馬。），《 Il 》的尾音[l]不可與《 hait 》的字首母音[ε]連音成[lε]。

本書僅列出初學者在學習基本發音時該注意的原則部分，當然，法語中還有其它必定連音、禁止連音及選擇性連音的部分，有待學習者將基本發音學成後，再深入的學習。

## 5. 縮寫原則　　MP3-084

縮寫，對於曾經學過英語的人來說並不陌生。可是，法文的縮寫，卻與英文的不同。在英文中，我們常看到的是 DON'T, DOESN'T, I'M, YOU'RE, WE'RE, THEY'RE, HE'S, I'VE 等等，這當中被縮寫掉的字母有母音字母A、I、O，也有子音字母H，而且被縮寫的字母都在後方的字裡，有字首的字母，也有字中的字母。

在法文裡，相對的單純多了。法文被縮寫掉的字母都是母音字母A、E、I，而且，都是在前一個字的字尾才會被縮寫。這些被縮寫的字多半是單音節的字，例如：LA, JE, ME, TE, SE, LE, NE, QUE, SI 等字。當這些字的後一個字是以母音字母A、E、I、O、U、Y或子音字母啞音H(h muet)開頭的字時，才能縮寫。例如：

① 《 l'adresse de l'école 》（學校的地址），這二個被縮寫的字原本都是LA；

② 《 S'il vous plaît ! 》（麻煩您《請》！），這裡被縮寫的字原本是SI；

③ 《 Qu'est-ce qu'il veut ? 》（他想要什麼？），這二個被縮寫的字原本都是QUE。

以後，當您看到一個字的前方有縮寫符號時，就知道是哪個字母被縮寫掉了。

# MEMO

er qui m'énerve parce qu'il aime toujours se montrer nous sommes allés demander à mon papa de venir jouer avec nous
niature Alors Irénée a donné un coup de bâton sur la tête de Fructueux et Fructueux a donné une claque il allait chercher so
, ça ne lui a pas plu à Mamert qui a commencé à donner des coups de pied partout et qui s'est a dit le patron du golf mi
 puis Papa s'est mis à crier c'est si Papa sera d'accord pour nous accompagner au golf miniature on peut le faire ce prem
 a un monsieur qui vient de porter plainte parce qil'une balle de golf miniature a rayé la carrosserie de sa voiture mais qu'il
ous on s'est mis crier nous a montré comment il fallait faire pour tenir le bâtonque cet individu empêche les autres gens de
 f Fructueux et          étaient occupés à se donner des coups de bâton et des claques c'est comme ça enlevez d'ici votre ma
là une demi-h                attendons pour faire le premier troule patron du golf miniature a appelé l'agent qui était sur l
 à crier que tout            profitait de lui et puisque c'était comme ça et le patron du golf miniature s'est mis à crier oui
 puis à la fin Papa nous a fait tous sortir du golf miniature et Côme n'était pas content parce il a appelé le patron du golf mi
 il disait que per             une    le regar faisit il a un feu bougon un seul coup il a demandé au patron du golf-mi
 araît que vous            s              reche      est revenu avec la balle et il n'avait pas l'air c
 amert s'est mis             che      le     l'auto arrêtée il y avait un monsieurpassez-moi l
 leurait et il disait qu'il ne se lèverait pas tant qu'on ne lui aurait pas rendu sa balle et qu'on  Ces enfants ont payé pour
 le monsieur est sorti de l'auto et il s'est mis à parler avec Papa en faisant des tas de gestes et il  Essayez de faire un peu at
accord y a des gens qui sont venus pour les regarder et qui rigolaienta crié le patron du golf miniature à mon papt Fabrice
 l'agent est venu et tout le monde s'est mis à crier et l'agent donnait des coups de sifflet et puis le patron du golf miniature a
 s'est mis au départ du premier trou mais Fabrice lui a dit qu'il n'y avait pas de raison qu'il soit le premieril l'a jetéable et
 prendrai un pédalo et je partirai loin On n'a qu'à y aller par ordre alphabétiqueFabrice et Côme qui sont mes copains de

# 六 認識各種符號

## 學習重點

1. 尖音符號

2. 重音符號

3. 長音符號

4. 軟音符號

5. 縮寫符號

6. 連接符號

7. 分音符號

lorpe ro soyez chouette pour une foisLe patron du golf miniatureLe patron du golf miniature Le patron du golf miniature L'en

Mamert était assis sur le trou il tardait un peu à reveniril tardait un peu à revenir il tardait un peu à revenir il a dit P

rien chouette le golf miniature si le golf miniature ne vous plaît pas si le golf miniature ne vous plaît pas quand il nous a

des gens qui attendent pour jouer il faut passer par des petits châteaux Je le lui ai dit et je l'ai embrassé parce que Nic

t à Mamert que ça allait comme ça ne dégoûtez pas les autres du golf miniatur en moins de coups de bâton possible comme à l'é

ée et le patron du golf miniature est venu en courant a dit Mamert à son papa en montrant mon papa Et il est parti ils jouer

qu'il y avait des gens qui attendaient pour faire du golf miniature a dit Côme et il a voulu commencer à jouer a dit Blaise r

ue le patron du golf miniature ne nous laisse pas jouer si on n'est pas accompagnés par Il n'y a que le premier trou qui est fa

t passée par-dessus la grille et qui est allée taper contre une auto qui était arrêtée sur la Comme on a bien rigolé a dit l'ag

rd'hui on a décidé d'aller jouer au golf miniature qui se trouve à côté du magasin où on a répondu le patron du golf minia

dix-huit trous et on vous donne des balles et des bâtons et il faut mettre les balles dans les trous on verra à qui il donnera ra

drôlement loin dans l'alphabet et à l'école c'est chouette a dit Papa qui lisait son journal sur la plage qu'il jouerait un autre

x aller très loin en faisant du crawl je vous emmène au golf miniature Et tous les copains étaient drôlement pour Papa Et

e fac mais moi je suis sûr que c'est des blagues Et puis est arrivé Mamert avec son papa a demandé le monsieur qui atten

onné un coup de bâton terrible dans la balle qui a sauté en l'air on a décidé de revenir demain pour essayer le deuxième

arriver jusqu'aux trous j'ai pas besoin de pédalo qu'il est bête celui-là a dit le papa de Mamert c'est moi qui vais jouer Et

jouer un pédalo je vais vous l'expliquer une grande personne vend des souvenirs Qu'est-ce qu'il y a Ernest Ce que je ne sais

ron du golf miniature est venu dire à Papa qu'il faudrait que nous commencions à jouer je vous emmène au golf minia

lf miniature m'a dit Mamert c'est terriblec'est terriblec'est terriblec'est terriblec'est terriblec'est terrible a dit un monsieur À votre

MP3-085

在法文字裡，經常會看到有些字母的上方或下方有一些撇來撇去的符號。這些符號也是有名稱的，而且在拼讀單字時，也必須將這些符號的名稱唸出來，因為總不好一直用手語吧！

這些符號包含了母音字母上方會出現的「尖音符號」、「重音符號」、「長音符號」與「分音符號」，以及子音字母C下方會出現的「軟音符號」。另外還要再加上常在句子中看見的「縮寫符號」及「連接符號」。但這二個符號並不是出現在字母的上方或下方，而是在之後學習法文的過程中，授課老師可能會以法語提到的，這對於未來的法語學習過程中，也是必要的。

## 1. 尖音符號

此為母音字母上方會出現的符號，寫為「 ′ 」（向左撇）。該符號的法文名稱為：

un accent aigu [œ̃naksãtɛgy]

« un accent » 是名詞「音標符號」， « aigu » 是形容詞「尖音的」。當母音字母上方有此符號時，該字母的唸法為「先下後上」，先唸下方的母音字母，再唸上方的尖音符號。例如：

é就要唸作e accent aigu。

## 2. 重音符號　　MP3-086

此為母音字母上方會出現的符號，寫為「 ` 」（向右撇）。該符號的法文名稱為：

un accent grave [œ̃naksã grav]

《 un accent 》是名詞「音標符號」，《 grave 》是形容詞「重音的」。當母音字母上方有此符號時，該字母的唸法為「先下後上」，先唸下方的母音字母，再唸上方的重音符號。例如：

à就要唸作a accent grave；

è就要唸作e accent grave；

ù就要唸作u accent grave。

### 3. 長音符號 MP3-087

此為母音字母上方會出現的符號，寫為「＾」（左撇加右撇，湊成小尖帽）。該符號的法文名稱為：

un accent circonflexe [œ̃naksã sirkõflɛks]

《 un accent 》是名詞「音標符號」，《 circonflexe 》是形容詞「長音的」。當母音字母上方有此符號時，該字母的唸法為「先下後上」，先唸下方的母音字母，再唸上方的長音符號。例如：

â就要唸作a accent circonflexe；

ê就要唸作e accent circonflexe；

î就要唸作i accent circonflexe；

ô就要唸作o accent circonflexe；

û就要唸作u accent circonflexe。

### 4. 軟音符號  MP3-088

此為子音字母C下方才會出現的符號，寫為「˛」（小尾巴）。該符號的法文名稱為：

une cédille [yn sedij]

當子音字母C下方有此符號時，該字母的唸法為「先上後下」，先唸上方的子音字母C，再唸下方的軟音符號：

ç就要唸作c cédille。

### 5. 縮寫符號 MP3-089

此為二字縮寫時才會出現的符號，寫為「ʹ」，同英文中的縮寫符號。該符號的法文名稱為：

une apostrophe [ynapɔstrɔf]

在法文句子中，經常會看到此符號，而通常被縮寫符號取代的字母為A、E或I。然而，法文有一特殊的字，字裡就有此符號，該字為：

aujourd'hui [oʒurdɥi] （今天）

當我們拼出此字時要拼作：

a-u-j-o-u-r-d-apostrophe-h-u-i

### 6. 連接符號 MP3-090

此為二字母之間才會出現的符號，寫為「-」。該符號的法文名稱為：

un trait d'union [œ̃ trɛ dynjõ]

在疑問句中，主詞代名詞與動詞倒裝時，在書寫上，都會在中間加上連接符號，這一點與英文不同。

例如：« Comment allez-vous ？ » [kɔmãtale vu] （您好嗎？）。

在命令式中，句子以動詞開頭，沒有主詞代名詞。如果動詞後方有直接受詞代名詞或間接受詞代名詞或二者皆有時，一樣也要加上連接符號。

例如： « Donnez-moi un coca. » [dɔnemwa œ̃ koka] （給我一杯可樂。）。

## 7. 分音符號　 MP3-091

此為母音字母上方會出現的符號，寫為「¨」（二點）。該符號的法文名稱為：

un tréma [œ̃ trema]

當母音字母上方有此符號時，該字母的唸法為「先下後上」，先唸下方的母音字母，再唸上方的分音符號。例如：

ë就要唸作e tréma；

ï就要唸作i tréma。

分音符號與組合母音有關。在某些組合母音的後方母音字母的上方出現此符號時，該組組合母音即被拆散為二個單獨的母音，不再是組合母音了。例字： « Noël » [nɔɛl] （聖誕節），原本的組合母音字母Œ該發[œ]，但E的上方出現分音符號時，便不再是組合母音了。

er qui m'énerve parce qu'il aime toujours se montrer nous sommes allés demander à mon papa de venir jouer avec nous a
niature Alors Irénée a donné un coup de bâton sur la tête de Fructueux et Fructueux a donné une claque il allait chercher so
ça ne lui a pas plu à Mamert qui a commencé à donner des coups de pied partout et qui s'est a dit le patron du golf min
puis Papa s'est mis à crier c'est si Papa sera d'accord pour nous accompagner au golf miniature on peut le faire ce premie
a un monsieur qui vient de porter plainte parce qu'une balle de golf miniature a rayé la carrosserie de sa voiture mais qu'il e
us on s'est mis cri nous a montré comment il fallait faire pour tenir le bâtongue cet individu empêche les autres gens de
f Fructueux e            taient occupés à se donner des coups de bâton et des claques c'est comme ça enlevez d'ici votre ma
à une demi-he            us attendons pour faire le premier troule patron du golf miniature a appelé l'agent qui était sur ta
à crier que tou         le profitait de lui et puisque c'était comme ça et le patron du golf miniature s'est mis à crier out c
puis à la fin Papa nous a fait tous sortir du golf miniature et Côme n'était pas content parce il a appelé le patron du golf min
il disait que pro                    nnne se lmmne abil avait fait le trou en un seul coup il a demandé au patron du golf min
arait que vou                        petits camarades Papa est revenu avec la balle et il n'avait pas l'air ce
mert s'est mis                       balle parce que dans l'auto arrêtée il y avait un monsieurpassez-moi le
leurait et il disait qu'il ne se lèverait pas tant qu'on ne lui aurait pas rendu sa balle et qu'on  Ces enfants ont payé pour
e monsieur est sorti de l'auto et il s'est mis à parler avec Papa en faisant des tas de gestes et il  Essayez de faire un peu att

# 七

# 發音練習

## 學習重點

1. 數字

2. 親人及所有格

3. 飲食及冠詞
  （1）在咖啡館裡  （2）在餐廳裡
  （3）食物    （4）法國美食
  （5）法式甜點

4.職業

5.時節及時間

6.國家及國籍

 （1）國家   （2）國籍

7.語言

8.目的地

9.顏色

10.天氣

11.身體部位

12.交通工具

13.空間及物品

（1）空間　　　　　　（2）客廳及起居室內物品
（3）餐廳及廚房內物品　（4）房間內物品
（5）浴室內物品

14.服飾及配件

（1）男裝　　　　　　（2）女裝
（3）配件

15.打招呼、道別及致謝

16.名牌

17.童謠

MP3-092

　　本章將介紹非常多的單字及句子，讓初學者多練習前幾章所教的內容。而透過練習，才能熟記全部的發音規則。

　　請學習者在練習本章中的文字時，先看字母發音，再看音標以確認自己先前的發音是否正確。如果仍然不敢確定，請務必翻到前面的章節求證。假使學習者翻到前面的章節仍找不到答案時，該字即為例外。

## 01. 數字：

| zéro | un | deux |
|------|-----|------|
| [zero] | [œ̃] | [dø] |
| 零 | 一 | 二 |

| trois | quatre | cinq |
|-------|--------|------|
| [trwa] | [katr] | [sɛ̃k] |
| 三 | 四 | 五 |

| six | sept | huit |
|-----|------|------|
| [sis] | [sɛt] | [ɥit] |
| 六 | 七 | 八 |

| neuf | dix | onze |
|------|-----|------|
| [nœf] | [dis] | [õz] |
| 九 | 十 | 十一 |

| douze | treize | quatorze |
|---|---|---|
| [duz] | [trɛz] | [katɔrz] |
| 十二 | 十三 | 十四 |

| quinze | seize | dix-sept |
|---|---|---|
| [kɛ̃z] | [sɛz] | [disɛt] |
| 十五 | 十六 | 十七 |

| dix-huit | dix-neuf | vingt |
|---|---|---|
| [dizɥit] | [disnœf] | [vɛ̃] |
| 十八 | 十九 | 二十 |

| vingt et un | vingt-deux | vingt-huit |
|---|---|---|
| [vɛ̃te œ̃] | [vɛ̃tdø] | [vɛ̃tɥit] |
| 二十一 | 二十二 | 二十八 |

MP3-093

| | | |
|---|---|---|
| **trente** | **trente et un** | **trente-deux** |
| [trãt] | [trãte œ̃] | [trãtdø] |
| 三十 | 三十一 | 三十二 |
| **trente-huit** | **quarante** | **quarante et un** |
| [trãtɥit] | [karãt] | [karãte œ̃] |
| 三十八 | 四十 | 四十一 |
| **quarante-deux** | **quarante-huit** | **cinquante** |
| [karãtdø] | [karãtɥit] | [sɛ̃kãt] |
| 四十二 | 四十八 | 五十 |
| **cinquante et un** | **cinquante-deux** | **cinquante-huit** |
| [sɛ̃kãte œ̃] | [sɛ̃kãtdø] | [sɛ̃kãtɥit] |
| 五十一 | 五十二 | 五十八 |

| soixante | soixante et un | soixante-deux |
|---|---|---|
| [swasɑ̃t] | [swasɑ̃te œ̃] | [swasɑ̃tdø] |
| 六十 | 六十一 | 六十二 |

| soixante-huit | soixante-dix | soixante et onze |
|---|---|---|
| [swasɑ̃tɥit] | [swasɑ̃tdis] | [swasɑ̃te õz] |
| 六十八 | 七十 | 七十一 |

| soixante-douze | soixante-seize | soixante-dix-sept |
|---|---|---|
| [swasɑ̃tduz] | [swasɑ̃tsɛz] | [swasɑ̃tdisɛt] |
| 七十二 | 七十六 | 七十七 |

| soixante-dix-huit | soixante-dix-neuf | quatre-vingt |
|---|---|---|
| [swasɑ̃tdizɥit] | [swasɑ̃tdisnœf] | [katrvɛ̃] |
| 七十八 | 七十九 | 八十 |

| quatre-vingt-un | quatre-vingt-huit | quatre-vingt-dix |
|---|---|---|
| [katrvɛ̃œ̃] | [katrvɛ̃ɥit] | [katrvɛ̃dis] |
| 八十一 | 八十八 | 九十 |
| quatre-vingt-onze | quatre-vingt-dix-sept | cent |
| [katrvɛ̃õz] | [katrvɛ̃disɛt] | [sã] |
| 九十一 | 九十七 | 一百 |
| cent un | cent vingt-huit | deux cents |
| [sã œ̃] | [sã vɛ̃tɥit] | [dø sã] |
| 一百零一 | 一百二十八 | 二百 |
| deux cent soixante | neuf cents | mille |
| [dø sã swasãt] | [nœf sã] | [mil] |
| 二百六十 | 九百 | 一千 |

**mille cent un**

[mil sã œ̃]

一千一百零一

**trois mille**

[trwa mil]

三千

**cinq mille quarante**

[sɛ̃k mil karãt]

五千零四十

**dix mille**

[di mil]

一萬

**six cent quarante-trois mille**

[si sã karãttrwa mil]

六十四萬三千

**neuf cent quatre-vingt-dix mille**

[nœf sã katrvɛ̃di mil]

九十九萬

**un million**

[œ̃ miljõ]

一百萬

**six millions huit cent mille sept cent six**

[si miljõ ɥit sã mil sɛt sã sis]

六百八十萬零七百零六

**neuf millions**

[nœf miljõ]

九百萬

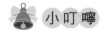 小叮嚀

（1）在0~100中，自17以後，除了20、30、40、50、60、100以外，其餘數字均為組合數字。

（2）1~100中，11~19會出現三次循環，分別是11~19、71~79及91~99。

（3）數字20的字尾T不發音，21的字尾T因連音而發音，22~29中20的字尾T都要發音，必要時也要連音。

（4）除了21、31、41、51、61的字裡有 « et un » 以及71的字裡有 « et onze » 以外，其餘的數字，22~29、32~39、42~49、52~59、62~70、72~99，均以連接符號連接全部的個別數字。

（5）81、88中的80 « quatre-vingt » 均不與個位數字連音。

（6）CENT已表示100，MILLE已表示一千，前方均不必再加「1」。

（7）CENT遇到整數百位字尾才加S，如有個位數或十位數時，均不必加S。

（8）不論MILLE的前方或後方有無數字，均不加S。

（9）MILLION是名詞，非數字。既是名詞，只要數量大於「1」者，均須加S。

## 02. 親人及所有格： MP3-095

# Chez moi, j'habite avec … .

[ʃe mwa ʒabitavɛk …]

在我家，我和…住。

| **mon père** | **ma mère** | **mes parents** |
|:---:|:---:|:---:|
| [mõ pɛr] | [ma mɛr] | [me parã] |
| 我爸爸 | 我媽媽 | 我父母 |

| **mon grand-père** | **ma grand-mère** | **mes grands-parents** |
|:---:|:---:|:---:|
| [mõ grãpɛr] | [ma grãmɛr] | [me grãparã] |
| 我（外）祖父 | 我（外）祖母 | 我（外）祖父母 |

| **mon frère** | **ma sœur** | **mon oncle** |
|:---:|:---:|:---:|
| [mõ frɛr] | [ma sœr] | [mõnõkl] |
| 我兄弟 | 我姊妹 | 我伯、叔、舅、姑丈 |

**ma tante**

[ma tãt]

我伯母、嬸、姨、舅媽

**mon cousin**

[mõ kuzɛ̃]

我堂（表）兄弟

**ma cousine**

[ma kuzin]

我堂（表）姊妹

**mon mari**

[mõ mari]

我丈夫

**ma femme**

[ma fam]

我太太

**mon fils**

[mõ fis]

我兒子

**ma fille**

[ma fij]

我女兒

**mes enfants**

[mezãfã]

我孩子們

**mon neveu**

[mõ nəvø]

我姪子（外甥）

**ma nièce**

[ma njɛs]

我姪女（外甥女）

**mon petit-fils**

[mõ pətifis]

我孫子

**ma petite-fille**

[ma pətitfij]

我孫女

 小叮嚀

（1）法文的所有格在名詞前面，與英文相同。不同的是，因為法文的名
　　詞分陽性與陰性，所有格也必須因此分陽性與陰性。

（2）法文的所有格如下表：

| 單數 | | | 複數 | | | | |
|---|---|---|---|---|---|---|---|
| 第一人稱 | 第二人稱 | 第三人稱 | 第一人稱 | 第二人稱 | 第三人稱 | | |
| mon # [mõ] | ton # [tõ] | son # [sõ] | notre [nɔtr] | votre [vɔtr] | leur [lœr] | ＋ 單數 | 陽性名詞 |
| ma * [ma] | ta * [ta] | sa * [sa] | notre [nɔtr] | votre [vɔtr] | leur [lœr] | | 陰性名詞 |
| mes [me] | tes [te] | ses [se] | nos [no] | vos [vo] | leurs [lœr] | ＋ 複數 | 陽、陰性名詞 |
| 我的 | 你的 妳的 | 他的 她的 | 我們的 | 你們的 妳們的 | 他們的 她們的 | | |

（3）表中以 * 註記的所有格，其後如接母音字母A、E、I、O、U、Y或
　　子音字母啞音H(h muet)開頭的陰性名詞時，必須改用以 # 註記的
　　所有格，同時還要連音。

124

## 03. | 飲食及冠詞：

（1）在咖啡館裡  MP3-096

### Je voudrais ..., s'il vous plaît.

[ʒə vudrɛ ... sil vu plɛ]

我想要…，麻煩您。

| un café | un café au lait | un café noir |
|---|---|---|
| [œ̃ kafe] | [œ̃ kafe o lɛ] | [œ̃ kafe nwar] |
| 咖啡 | 牛奶咖啡 | 黑咖啡 |

| un thé | un thé au lait | un thé au citron |
|---|---|---|
| [œ̃ te] | [œ̃ te o lɛ] | [œ̃ te o sitrõ] |
| 茶 | 奶茶 | 檸檬茶 |

| un jus d'orange | un jus de pomme | un jus de fruits |
|---|---|---|
| [œ̃ ʒy dorãʒ] | [œ̃ ʒy də pɔm] | [œ̃ ʒy də frɥi] |
| 柳橙汁 | 蘋果汁 | 果汁 |

**une glasse vanille**

[yn glas vanij]

香草冰淇淋

**une glasse chocolat**

[yn glas ʃokola]

巧克力冰淇淋

**une glasse café**

[yn glas kafe]

咖啡冰淇淋

**une glasse à la fraise**

[yn glas a la frɛz]

草莓冰淇淋

**un chocolat chaud**

[œ̃ ʃokola ʃo]

熱巧克力

**une bière**

[yn bjɛr]

啤酒

**une bière pression**

[yn bjɛr prɛsjõ]

桶裝啤酒

**une bière blonde**

[yn bjɛr blõd]

黃啤酒

**une eau minérale**

[yno mineral]

礦泉水

**une menthe à l'eau**

[yn mãta lo]

薄荷水

**une paille**

[yn paj]

吸管

126

## （2）在餐廳裡　　MP3-097

# Une table pour quatre personnes,
# s'il vous plaît.

[yn tabl pur katr pɛrsɔn sil vu plɛ]

四位，麻煩您。

---

**un garçon**

[œ̃ garsõ]

服務生

**un(e) serveur(euse)**

[œ̃(yn) sɛrvœr(øz)]

服務生（女）

**un menu**

[œ̃ məny]

套餐菜單

---

**à la carte**

[a la kart]

單點

**un apéritif**

[œ̃naperitif]

開胃酒

**une entrée**

[ynãtre]

前菜

---

**une soupe**

[yn sup]

湯

**une salade**

[yn salad]

沙拉

**un plat principal**

[œ̃ pla prɛ̃sipal]

主菜

---

| un dessert | du sel | du poivre |
|---|---|---|
| [œ̃ desɛr] | [dy sɛl] | [dy pwavr] |
| 甜點 | 一些鹽 | 一些胡椒 |

| un champagne | un prix | service compris |
|---|---|---|
| [œ̃ ʃãpaɲ] | [œ̃ pri] | [sɛrvis kõpri] |
| 香檳酒 | 價格 | 含服務費 |

| un verre d'eau | une bouteille de vin | des glaçons |
|---|---|---|
| [œ̃ vɛr do] | [yn butɛj də vɛ̃] | [de glasõ] |
| 一杯水 | 一瓶葡萄酒 | 冰塊 |

**L'addition, s'il vous plaît.**

[ladisjõ sil vu plɛ]

結帳、買單

**（3）食物** MP3-098

| | | |
|---|---|---|
| **un croissant** | **une baguette** | **un jaune d'œuf** |
| [œ̃ krwasɑ̃] | [yn bagɛt] | [œ̃ ʒɔn dœf] |
| 可頌麵包 | 棍狀麵包 | 水煮蛋 |
| **une saucisse** | **une crêpe** | **un rôti** |
| [yn sosis] | [yn krɛp] | [œ̃ roti] |
| 香腸 | 煎餅 | 烤肉 |
| **des nouilles** | **un riz** | **une viande** |
| [de nuj] | [œ̃ ri] | [yn vjɑ̃d] |
| 麵條 | 米飯 | 肉類 |
| **un agneau** | **un porc** | **un bœuf** |
| [œ̃naɲo] | [œ̃ pɔr] | [œ̃ bœf] |
| 小羊肉 | 豬肉 | 牛肉 |

**un veau**

[œ̃ vo]

小牛肉

**un lapin**

[œ̃ lapɛ̃]

兔肉

**une volaille**

[yn volaj]

禽類

**un poulet**

[œ̃ pulɛ]

雞肉

**une dinde**

[yn dɛ̃d]

火雞肉

**un canard**

[œ̃ kanar]

鴨肉

**une caille**

[yn kaj]

鵪鶉肉

**un poisson**

[œ̃ pwasõ]

魚類

**un saumon**

[œ̃ somõ]

鮭魚

**un thon**

[œ̃ tõ]

鮪魚

**une morue**

[yn mory]

鱈魚

**des fruits de mer**

[de frɥi də mɛr]

海鮮類

MP3-099

| un homard | un crabe | une crevette |
|---|---|---|
| [œ̃ omar] | [œ̃ krab] | [yn krəvɛt] |
| 龍蝦 | 蟹 | 蝦 |

| une huître | un légume | un maïs |
|---|---|---|
| [ynɥitr] | [œ̃ legym] | [œ̃ mais] |
| 牡蠣、蠔 | 蔬菜 | 玉米 |

| un petit pois | un haricot vert | un céleri |
|---|---|---|
| [œ̃ pəti pwa] | [œ̃ ariko vɛr] | [œ̃ sel(ə)ri] |
| 豌豆 | 四季豆 | 西洋芹 |

| un brocoli | un chou-fleur | une tomate |
|---|---|---|
| [œ̃ brokoli] | [œ̃ ʃuflœr] | [yn tomat] |
| 綠花椰菜 | 白花椰菜 | 蕃茄 |

| un oignon | une carotte | un champignon |
|---|---|---|
| [œ̃nɔɲõ] | [yn karɔt] | [œ̃ ʃɑ̃piɲõ] |
| 洋蔥 | 胡蘿蔔 | 蘑菇 |

| un concombre | une citrouille | un fromage |
|---|---|---|
| [œ̃ kõkõbr] | [yn sitruj] | [œ̃ fromaʒ] |
| 小黃瓜 | 南瓜 | 乳酪 |

| un gâteau | un yaourt | une tarte aux fruits |
|---|---|---|
| [œ̃ gato] | [œ̃ jaurt] | [yn tarto frɥi] |
| 蛋糕 | 優格 | 水果塔 |

| un vin rouge | un vin blanc | un vin rosé |
|---|---|---|
| [œ̃ vɛ̃ ruʒ] | [œ̃ vɛ̃ blɑ̃] | [œ̃ vɛ̃ roze] |
| 紅葡萄酒 | 白葡萄酒 | 玫瑰紅酒 |

（4）法國美食　MP3-100

### la bouillabaisse

[la bujabɛs]

馬賽魚湯

### les escargots de Bourgogne

[lezɛskargo də burgɔɲ]

勃艮地蝸牛

---

### le confit de canard

[lə kõfi də kanar]

油封鴨

### le cassoulet

[lə kasulɛ]

扁豆砂鍋

### la choucroute

[la ʃukrut]

亞爾薩斯臘肉酸菜

---

### le filet de canard au miel

[lə filɛ də kanar o mjɛl]

蜜汁烤鴨胸

### le bœuf bourguignon

[lə bœf burgiɲõ]

紅酒燉牛肉

---

### le coq au vin

[lə kɔk o vɛ̃]

紅酒燴公雞

### le lapin à la moutarde

[lə lapɛ̃ a la mutard]

芥末燉兔肉

---

**la ratatouille niçoise**

[la ratatuj niswaz]

尼斯燉菜

**l'andouillette**

[lãdujɛt]

法國香腸

**le foie gras**

[lə fwa gra]

肥肝

**les coquilles Saint-Jacques**

[le kokij sɛ̃ʒak]

聖賈克扇貝

**le homard persillé**

[lə omar pɛrsije]

荷蘭芹龍蝦凍

**les noisettes d'agneau**

[le nwazɛt daɲo]

嫩煎小羊肉

**le pot-au-feu**

[lə potofø]

蔬菜牛肉濃湯

**la blanquette de veau**

[la blãkɛt də vo]

白酒燉牛肉

**la sole normande**

[la sɔl nɔrmãd]

諾曼第醬汁比目魚

**（5）法式甜點** MP3-101

| la truffe | le chocolat fourré | le canelé |
|---|---|---|
| [la tryf] | [lə ʃokola fure] | [lə kan(ə)le] |
| 松露巧克力 | 藏心巧克力 | 可麗露 |

| la tuile aux amandes | la galette des rois |
|---|---|
| [la tɥilozamãd] | [la galɛt de rwa] |
| 杏仁瓦片 | 國王派 |

| le millefeuille parisien | le macaron |
|---|---|
| [lə mil(ə)fœj parizjɛ̃] | [lə makarõ] |
| 巴黎千層派 | 蛋白杏仁甜餅 |

| la tarte au citron | la tarte aux pommes |
|---|---|
| [la tarto sitrõ] | [la tarto pɔm] |
| 檸檬派 | 蘋果派 |

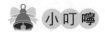 小叮嚀

（1）法文的冠詞位於名詞前面，與英文相同。不同的是，因為法文的名詞分陽性與陰性，冠詞也必須分陽性與陰性，不僅如此，法文的冠詞還分成「定冠詞」、「不定冠詞」、「部分冠詞」與「結合冠詞」等四種。

| 定冠詞 | 不定冠詞 | 部分冠詞 | 結合冠詞 | | |
|---|---|---|---|---|---|
| le(l') | un | du (de l') | du(=de+le) (de l') | au(=à+le) (à l') | +單數陽性名詞 |
| la(l') | une | de la(l') | de la(l') | à la(l') | +單數陰性名詞 |
| les | des | des | des(=de+les) | aux(=à+les) | +複數名詞 |

（2）冠詞後面如接母音字母A、E、I、O、U、Y或子音字母啞音H(h muet)開頭的名詞時必須縮寫，以表中(　)內註記的冠詞表示。

（3）一般來說，食物類名詞多半使用部分冠詞。但在餐飲店內，由於食物已被準備妥當且為相同分量，故使用不定冠詞，以示份數。

## 04. 職業： MP3-102

# Qu'est-ce que vous faites dans la vie ?
# Je suis ... .

[kɛs kə vu fɛt dã la vi ʒə sɥi ...]

您從事什麼工作？我是…。

---

| **professeur** | **médecin** | **ingénieur** |
|:---:|:---:|:---:|
| [profɛsœr] | [med(ə)sɛ̃] | [ɛ̃ʒenjœr] |
| 老師 | 醫生 | 工程師 |

---

| **dentiste** | **journaliste** | **artiste** |
|:---:|:---:|:---:|
| [dãtist] | [ʒurnalist] | [artist] |
| 牙醫 | 記者 | 藝術家 |

---

| **fonctionnaire** | **secrétaire** | **libraire** |
|:---:|:---:|:---:|
| [fõksjonɛr] | [səkretɛr] | [librɛr] |
| 公務員 | 秘書 | 書商 |

---

**étudiant(e)**

[etydjã(t)]

大學生

**employé(e)**

[ãplwaje]

職員

**épicier(ère)**

[episje(ɛr)]

雜貨店老闆

**pharmacien (ne)**

[farmasjɛ̃(ɛn)]

藥劑師

**chanteur (euse)**

[ʃãtœr(øz)]

歌手

**acteur / actrice**

[aktœr / aktris]

演員

**écrivain**

[ekrivɛ̃]

作家

**Je cherche un travail.**

[ʒə ʃɛrʃœ̃ travaj]

我在找工作。

**Je suis au chômage.**

[ʒə sɥizo ʃomaʒ]

我失業了。

**retraité(e)**

[rətrɛte]

退休的

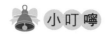 小叮嚀

（1）用法文介紹職業時，與英文不同。英文會在BE動詞與職業名詞之間加不定冠詞A或AN。但在法文裡，只要是人稱代名詞開頭介紹的句子，職業名詞前不加任何冠詞。

例句：« Je suis professeur. » [ʒə sɥi profɛsœr]（我是老師。）

　　　« Elle est chanteuse. » [ɛlɛ ʃɑ̃tøz]（她是歌手。）

（2）如果是被指出職業者，並非以人稱代名詞開頭介紹的句子，才要加冠詞。

例句：« Ce monsieur est un journaliste. » [sə məsjø ɛtœ̃ ʒurnalist]（這位先生是位記者。）

　　　« Cette mademoiselle est une pharmacienne. » [sɛt mad(ə)mwazɛl ɛtyn farmasjɛn]（那位小姐是位藥劑師。）

## 05. 時節及時間： MP3-103

**une saison**

[yn sɛzõ]

季節

**un mois**

[œ̃ mwa]

月

**un jour**

[œ̃ ʒur]

日

**Nous sommes ... .**

[nu sɔm ...]

現在是…。

**au printemps**

[o prɛ̃tã]

春季

**en été**

[ãnete]

夏季

**en automne**

[ãnotɔn]

秋季

**en hiver**

[ãnivɛr]

冬季

**en janvier**

[ã ʒãvje]

一月

**en février**

[ã fevrje]

二月

**en mars**

[ã mars]

三月

| | | |
|---|---|---|
| **en avril**<br>[ãnavril]<br>四月 | **en mai**<br>[ã mɛ]<br>五月 | **en juin**<br>[ã ʒɥɛ̃]<br>六月 |
| **en juillet**<br>[ã ʒɥijɛ]<br>七月 | **en août**<br>[ãnut]<br>八月 | **en septembre**<br>[ã sɛptãbr]<br>九月 |
| **en octobre**<br>[ãnɔtɔbr]<br>十月 | **en novembre**<br>[ã novãbr]<br>十一月 | **en décembre**<br>[ã desãbr]<br>十二月 |
| **dimanche**<br>[dimãʃ]<br>星期日 | **lundi**<br>[lœ̃di]<br>星期一 | **mardi**<br>[mardi]<br>星期二 |

MP3-104

| **mercredi** | **jeudi** | **vendredi** |
|---|---|---|
| [mɛrkr(ə)di] | [ʒødi] | [vãdr(ə)di] |
| 星期三 | 星期四 | 星期五 |

| **samedi** | **Quelle heure est-il ?** **Il est ... .** |
|---|---|
| [sam(ə)di] | [kɛlœrɛtil ilɛ ...] |
| 星期六 | 現在幾點？現在是⋯。 |

| **une heure** | **deux heures** | **trois heures** |
|---|---|---|
| [ynœr] | [døzœr] | [trwazœr] |
| 一點 | 二點 | 三點 |

| **quatre heures** | **cinq heures** | **six heures** |
|---|---|---|
| [katrœr] | [sɛ̃kœr] | [sizœr] |
| 四點 | 五點 | 六點 |

**sept heures**

[sɛtœr]

七點

**huit heures**

[ɥitœr]

八點

**neuf heures**

[nœvœr]

九點

**dix heures**

[dizœr]

十點

**onze heures**

[õzœr]

十一點

**dix-huit heures**

[dizɥitœr]

十八點

**dix-neuf heures**

[disnœvœr]

十九點

**vingt heures**

[vɛ̃tœr]

二十點

**vingt et une heures**

[vɛ̃te ynœr]

二十一點

**vingt-deux heures**

[vɛ̃tdøzœr]

二十二點

**vingt-trois heures**

[vɛ̃ttrwazœr]

二十三點

**vingt-quatre heures**

[vɛ̃tkatrœr]

二十四點

小叮嚀

（1）法文的季節名詞、月份名詞及週一至週日都屬陽性名詞，且第一個
字母都不須大寫。

（2）一年四季中，除了春季使用介係詞AU以外，其餘三季均使用EN，
以表示「在」某季節裡。

（3）在一年的十二個月中，均使用介係詞EN。此外，因四月(avril)、八
月(août)及十月(octobre)皆以母音字母開頭，故皆須連音。

（4）一週的七天都不使用介係詞。

（5）一天的二十四小時，每一個數字均與後方的「時(heure)」連音。
因「時(heure)」為陰性名詞，故一點與二十一點均將UN改為
UNE。

## 06. 國家及國籍：

### （1）國家  MP3-105

## D'où venez-vous ? Je viens … .

[du vənevu ʒə vjɛ̃ …]

您從哪來的？我從…來的。

---

| de Taïwan | de la France | de l'Allemagne |
|---|---|---|
| [də taiwan] | [də la frɑ̃s] | [də lal(ə)maɲ] |
| 臺灣 | 法國 | 德國 |

---

| de la Suisse | de l'Italie | de l'Autriche |
|---|---|---|
| [də la sɥis] | [də litali] | [də lotriʃ] |
| 瑞士 | 義大利 | 奧地利 |

---

| de l'Angleterre | de la Belgique | de la Suède |
|---|---|---|
| [də lɑ̃gl(ə)tɛr] | [də la bɛlʒik] | [də la sɥɛd] |
| 英國 | 比利時 | 瑞典 |

---

| | | |
|---|---|---|
| **de l'Espagne** | **de la Russie** | **de la Malaisie** |
| [də lɛspaɲ] | [də la rysi] | [də la malɛzi] |
| 西班牙 | 俄羅斯 | 馬來西亞 |
| **du Canada** | **du Portugal** | **du Danemark** |
| [dy kanada] | [dy pɔrtygal] | [dy dan(ə)mark] |
| 加拿大 | 葡萄牙 | 丹麥 |
| **du Brésil** | **du Japon** | **du Sénégal** |
| [dy brezil] | [dy ʒapõ] | [dy senegal] |
| 巴西 | 日本 | 塞內加爾 |
| **du Pays-Bas** | **des États-Unis** | **de Hong-Kong** |
| [dy pɛiba] | [dezetazyni] | [də õkõg] |
| 荷蘭 | 美國 | 香港 |

**（2）國籍** MP3-106

# Vous êtes de quelle nationalité ? Je suis … .

[vuzɛt də kɛl nasjonalite ʒə sɥi …]

您是哪個國籍的？我是…。

....................................................................

### taïwanais(e)
[taiwanɛ(z)]

臺灣籍的

（臺灣人）

### français(e)
[frɑ̃sɛ(z)]

法國籍的

（法國人）

### allemand(e)
[al(ə)mɑ̃(d)]

德國籍的

（德國人）

....................................................................

### suisse
[sɥis]

瑞士籍的

（瑞士人）

### italien(ne)
[italjɛ̃(ɛn)]

義大利籍的

（義大利人）

### autrichien(ne)
[otriʃjɛ̃(ɛn)]

奧地利籍的

（奧地利人）

....................................................................

### anglais(e)
[ɑ̃glɛ(z)]

英國籍的

（英國人）

### belge
[bɛlʒ]

比利時籍的

（比利時人）

### suédois(e)
[sɥedwa(z)]

瑞典籍的

（瑞典人）

....................................................................

espagnol(e)

[ɛspaɲɔl]

西班牙籍的

（西班牙人）

russe

[rys]

俄羅斯籍的

（俄羅斯人）

malaisien(ne)

[malɛzjɛ̃(ɛn)]

馬來西亞籍的

（馬來西亞人）

canadien(ne)

[kanadjɛ̃(ɛn)]

加拿大籍的

（加拿大人）

portugais(e)

[pɔrtygɛ(z)]

葡萄牙籍的

（葡萄牙人）

danois(e)

[danwa(z)]

丹麥籍的

（丹麥人）

brésilien(ne)

[breziljɛ̃(ɛn)]

巴西籍的

（巴西人）

japonais(e)

[ʒaponɛ(z)]

日本籍的

（日本人）

sénégalais(e)

[senegalɛ(z)]

塞內加爾籍的

（塞內加爾人）

hollandais(e)

[ɔlɑ̃dɛ(z)]

荷蘭籍的

（荷蘭人）

américain(e)

[amerikɛ̃(ɛn)]

美國籍的

（美國人）

hong-
kongais(e)

[õkõgɛ(z)]

香港籍的

（香港人）

 小叮嚀

（1）法文的國家名詞分成陽性國家、陰性國家、複數國家及島國等四
　　　類。

（2）陽性國家前使用介係詞AU陰性國家前使用介係詞EN，複數國家前
　　　使用結合冠詞AUX(=à+les)，而島國前則使用介係詞À。

（3）法文的介係詞DE有「自、從」的意思。從法國來就寫作 « de la
　　　France »。但如果DE後方接的是陽性國家的定冠詞或複數國家的
　　　複數定冠詞，就必須改為結合冠詞的DU或DES。由於島國或城市並
　　　不加定冠詞，故直接使用介係詞DE。

（4）國籍形容詞大致上分成陽陰同形、陽性字尾加E變陰性、重覆陽性字
　　　尾子音字母再加E等三類。

## 07. 語言： MP3-107

### Quelle langue parlez-vous ? Je parle ... .

[kɛl lɑ̃g parlevu ʒə parl ...]

您會說哪個語言？我會說…。

| le mandarin | l'anglais | le français |
|:---:|:---:|:---:|
| [lə mɑ̃darɛ̃] | [lɑ̃glɛ] | [lə frɑ̃sɛ] |
| 漢語 | 英語 | 法語 |

| l'allemand | l'espagnol | l'italien |
|:---:|:---:|:---:|
| [lal(ə)mɑ̃] | [lɛspaɲɔl] | [litaljɛ̃] |
| 德語 | 西班牙語 | 義大利語 |

| le japonais | le russe | l'arabe |
|:---:|:---:|:---:|
| [lə ʒaponɛ] | [lə rys] | [larab] |
| 日語 | 俄語 | 阿拉伯語 |

**08.** 目的地： MP3-108

# Excusez-moi ! Je voudrais aller …, s'il vous plaît.

[ɛkskyzemwa ʒə vudrɛzale … sil vu plɛ]

對不起！我想去…，麻煩您。

---

### à l'aéroport Charles de Gaulle

[a laeropɔr ʃarl də gol]

戴高樂機場

### à l'aéroport d'Orly

[a laeropɔr dɔrli]

奧里機場

---

### à la gare de Lyon

[a la gar də ljõ]

里昂（火車）站

### à la gare Saint-Lazare

[a la gar sɛ̃lazar]

聖拉薩（火車）站

---

### à la gare d'Austerlitz

[a la gar dostɛrlitz]

奧斯德立茲（火車）站

### à la gare du Nord

[a la gar du nɔr]

北（火車）站

---

### à la gare de Montparnasse

[a la gar də mõparnas]

蒙巴拿斯（火車）站

### à la gare de l'Est

[a la gar də lɛst]

東（火車）站

### au Centre Pompidou

[o sãtr põpidu]

龐畢度中心

### à l'Opéra Bastille

[a lopera bastij]

巴士底歌劇院

### au Musée d'Orsay

[o myze dɔrsɛ]

奧塞美術館

### au Jardin du Luxembourg

[o ʒardɛ̃ dy lyksãbur]

盧森堡公園

### à la Tour Eiffel

[a la turɛfɛl]

艾菲爾鐵塔

### au Musée du Louvre

[o myze dy luvr]

羅浮宮美術館

### à la Basilique Sacré-Cœur

[a la bazilik sakrekœr]

聖心堂

**au Palais de Chaillot**

[o palɛ dəʃajo]

夏佑宮

**à l'Arc de Triomphe**

[a lark də trjõf]

凱旋門

**à l'avenue des Champs-Élysées**

[a lav(ə)ny de ʃɑ̃zelize]

香榭麗舍大道

**à l'Île de la Cité**

[a lil də la site]

西堤島

**à l'Opéra Garnier**

[a lopera garnje]

加尼葉歌劇院

**à la Cathédrale Notre-dame de Paris**

[a la katedral nɔtrdam də pari]

巴黎聖母院大教堂

**au Château de Versailles**

[o ʃato də vɛrsaj]

凡爾賽宮

**au Palais Royal**

[o palɛ rwajal]

皇宮

**à la Place de la Concorde**

[a la plas də la kõkɔrd]

協和廣場

**au Panthéon**

[o pɑ̃teõ]

萬神殿

**à l'Église de la Madeleine**

[a legliz də la mad(ə)lɛn]

瑪德蘭教堂

**au Moulin Rouge**

[o mulɛ̃ ruʒ]

紅磨坊

**au Jardin des Tuileries**

[o ʒardɛ̃ de tɥil(ə)ri]

杜樂麗花園

**à l'Île Saint-Louis**

[a lil sɛ̃lwi]

聖路易島

**à la Place Vendôme**

[a la plas vɑ̃dɔm]

梵登廣場

**à l'Hôtel de Ville**

[a lotɛl də vil]

市政廳

**au Musée Picasso**

[o myze pikaso]

畢卡索美術館

à l'Hôtel des Invalides

[a lotɛl dezɛ̃valid]

傷兵院

au Musée Rodin

[o myze rodɛ̃]

羅丹美術館

à la Tour Montparnasse

[a la tur mõparnas]

蒙巴拿斯大樓

aux Catacombes

[o katakõb]

地下墓穴

au Château de Fontainebleau

[o ʃato də fõtɛn(ə)blo]

楓丹白露宮

au Musée Carnavalet

[o myze karnavalɛ]

卡納瓦雷歷史博物館

aux Halles

[o al]

舊中央市場

à la Place des Vosges

[a la plas de vɔʒ]

孚日廣場

## 09. 顏色： MP3-111

# Quelle couleur préférez-vous ? Je préfère … .

[kɛl kulœr preferevu ʒə prefɛr …]

您比較喜歡哪個顏色？我比較喜歡…。

| le rouge | l'orange | le jaune |
|---|---|---|
| [lə ruʒ] | [lorãʒ] | [lə ʒon] |
| 紅色 | 橙色 | 黃色 |

| le vert | le bleu | le violet |
|---|---|---|
| [lə vɛr] | [lə blø] | [lə vjolɛ] |
| 綠色 | 藍色 | 紫色 |

| le noir | le blanc | le rose |
|---|---|---|
| [lə nwar] | [lə blã] | [lə roz] |
| 黑色 | 白色 | 粉紅色 |

**le marron**

[lə marõ]

栗色

**le brun**

[lə brœ̃]

棕色

**le blond**

[lə blõ]

金黃色

**le gris**

[lə gri]

灰色

**le roux**

[lə ru]

紅棕色

**l'aigue-marine**

[lɛgmarin]

碧綠色

**le marine**

[lə marin]

海軍藍色

**le kaki**

[lə kaki]

卡其色

**l'ivoire**

[livwar]

象牙白

**l'azur**

[lazyr]

天藍色

**l'or**

[lɔr]

金色

**l'argent**

[larʒɑ̃]

銀色

## 10. 天氣：  MP3-112

### Quel temps fait-il aujourd'hui ? Il fait … .

[kɛl tã fɛtil oʒurdɥi il fɛ …]

今天天氣如何？天氣…。

| beau | frais | doux |
|---|---|---|
| [bo] | [frɛ] | [du] |
| 晴朗 | 涼快 | 溫和 |

| froid | chaud | humide |
|---|---|---|
| [frwa] | [ʃo] | [ymid] |
| 冷 | 熱 | 潮濕 |

| mauvais | bon | gris |
|---|---|---|
| [movɛ] | [bõ] | [gri] |
| 差 | 好 | 陰 |

## 11. 身體部位： MP3-113

### Qu'est-ce que vous avez ? J'ai mal ... .

[kɛs kə vuzave ʒɛ mal ...]

您怎麼啦？我…痛。

| à la tête | à l'oreille | au nez |
|-----------|-------------|--------|
| [a la tɛt] | [a lorɛj] | [o ne] |
| 頭 | 耳朵 | 鼻子 |

| aux yeux | à l'œil gauche | à l'œil droite |
|----------|----------------|----------------|
| [ozjø] | [a lœj goʃ] | [a lœj drwat] |
| 眼睛（複數） | 左眼 | 右眼 |

| à la gorge | à la bouche | à la langue |
|------------|-------------|-------------|
| [a la gɔrʒ] | [a la buʃ] | [a la lãg] |
| 喉嚨 | 嘴巴 | 舌頭 |

| au menton | aux dents | à l'incisive |
|---|---|---|
| [o mãtõ] | [o dã] | [a lɛ̃siziv] |
| 下巴 | 牙齒 | 門牙 |

| à la molaire | au cou | à l'épaule |
|---|---|---|
| [a la molɛr] | [o ku] | [a lepol] |
| 臼齒 | 頸部 | 肩膀 |

| à la poitrine | au cœur | au ventre |
|---|---|---|
| [a la pwatrin] | [o kœr] | [o vãtr] |
| 胸部 | 心<br>（噁心） | 腹部 |

| à l'estomac | à la taille | au bras |
|---|---|---|
| [a lɛstoma] | [a la taj] | [o bra] |
| 胃 | 腰 | 上臂 |

MP3-114

| **au coude** | **au poignet** | **à la main** |
|---|---|---|
| [o kud] | [o pwaɲɛ] | [a la mɛ̃] |
| 手肘 | 手腕 | 手 |

| **à la paume** | **au doigt** | **au dos** |
|---|---|---|
| [a la pom] | [o dwa] | [o do] |
| 手掌 | 手指 | 背部 |

| **au creux des reins** | **à la jambe** | **au genou** |
|---|---|---|
| [o krø de rɛ̃] | [a la ʒɑ̃b] | [o ʒ(ə)nu] |
| 尾椎 | 腿部 | 膝蓋 |

| **à la cheville** | **au talon** | **au pied** |
|---|---|---|
| [a la ʃ(ə)vij] | [o talõ] | [o pje] |
| 腳踝 | 腳後跟 | 腳掌 |

## 12. 交通工具： MP3-115

# Comment vous allez à Paris ? Je prends ... .

[kɔmã vuzale a pari ʒə prã ...]

您怎麼去巴黎呢？我搭乘…。

---

| **le train** | **le T.G.V.** | **la voiture** |
|:---:|:---:|:---:|
| [lə trɛ̃] | [lə te.ʒe.ve.] | [la vwatyr] |
| 火車 | 高鐵 | 汽車 |

| **le taxi** | **le bus** | **le bateau** |
|:---:|:---:|:---:|
| [lə taksi] | [lə bys] | [lə bato] |
| 計程車 | 公車 | 船 |

| **le métro** | **le vélo** | **l'avion** |
|:---:|:---:|:---:|
| [lə metro] | [lə velo] | [lavjõ] |
| 地鐵、捷運 | 自行車 | 飛機 |

## Comment vas-tu en France ?
## J'y vais en avion.
[kɔmã va-ty ã frãs ʒi vɛ ãnavjõ]

你怎麼去法國？我搭飛機去。

## Tu viens à Paris en voiture ? Non, en métro.
[ty vjɛ̃ a pari ã vwatyr nõ ã metro]

你開車來巴黎的嗎？不，搭地鐵。

## Je voudrais faire un tour à Taïpei à vélo.
[ʒə vudrɛ fɛrœ̃ tur a taipɛ a velo]

我想騎自行車逛臺北。

## Tu vas à Nice en train, en bus ou à moto ?
[tu va a nis ã trɛ̃ ã bys u a moto]

你要搭火車、搭公車或是騎機車去尼斯？

小叮嚀

（1）在法文裡，交通工具分成二類：鐵包人或人包鐵。

（2）鐵包人，意謂人坐在交通工具裡，此時，該交通工具前須使用介係詞EN。例如：搭飛機(en avion)、搭火車(en train)、搭計程車(en taxi)、搭地鐵(en métro)。

（3）人包鐵，就是人的身體大多在交通工具之外，或是用雙腳走路，該交通工具所用的介係詞為 À。例如：騎機車(à moto)、騎自行車(à vélo)、走路(à pied)。

## 13. 空間及物品：

（1）空間 MP3-116

# Qu'est-ce qu'il y a à la maison ? Il y a ... .

[kɛs kilja à la mɛzõ ilja ...]

在家裡有什麼呢？有…。

| le salon | le séjour | la chambre |
|---|---|---|
| [lə salõ] | [lə seʒur] | [la ʃãbr] |
| 客廳 | 起居室 | 房間 |

| la salle de bains | le bureau | la salle à manger |
|---|---|---|
| [la sal də bɛ̃] | [lə byro] | [la sala mãʒe] |
| 浴室 | 書房 | 餐廳 |

| la cuisine | les toilettes | la cave |
|---|---|---|
| [la kɥizin] | [le twalɛt] | [la kav] |
| 廚房 | 廁所 | 地窖 |

**（2）客廳及起居室內物品** MP3-117

| **la rampe** | **la sonnette** | **la serrure** |
|---|---|---|
| [la rãp] | [la sɔnɛt] | [la sɛryr] |
| 欄杆 | 門鈴 | 門鎖 |

| **l'interphone** | **le ventilateur** | **le radiateur** |
|---|---|---|
| [lɛ̃tɛrfɔn] | [lə vãtilatœr] | [lə radjatœr] |
| 對講機 | 電風扇 | 暖氣機 |

| **l'ampoule** | **l'applique** | **la prise** |
|---|---|---|
| [lãpul] | [laplik] | [la priz] |
| 燈泡 | 壁燈 | 插頭 |

| **la prise de courant** | **le canapé** | **le fauteuil** |
|---|---|---|
| [la priz də kurã] | [lə kanape] | [lə fotœj] |
| 插座 | 沙發 | 扶手椅 |

| le coussin | la télévision | le téléphone |
|---|---|---|
| [lə kusɛ̃] | [la televizjõ] | [lə telefɔn] |
| 靠墊 | 電視機 | 電話 |

| la table basse | le vase | le rideau |
|---|---|---|
| [la tabl bas] | [lə vaz] | [lə rido] |
| 茶几 | 花瓶 | 窗簾 |

| le brise-bise | le store vénitien | le tapis |
|---|---|---|
| [lə brizbiz] | [lə stɔr venisjɛ̃] | [lə tapi] |
| 紗窗 | 百葉窗 | 地毯 |

| le jouet | le tableau | la pendule |
|---|---|---|
| [lə ʒwɛ] | [lə tablo] | [la pãdyl] |
| 玩具 | 畫 | 時鐘 |

（3）餐廳及廚房內物品　MP3-118

| la table | la chaise | le bol |
|---|---|---|
| [la tabl] | [la ʃɛz] | [lə bɔl] |
| 餐桌 | 椅子 | 碗 |

| le plat | le couteau | la fourchette |
|---|---|---|
| [lə pla] | [lə kuto] | [la furʃɛt] |
| 盤 | 刀子 | 叉子 |

| la cuiller | le verre | le micro-ondes |
|---|---|---|
| [la kɥijɛr] | [lə vɛr] | [lə mikroõd] |
| 餐匙 | 玻璃杯 | 微波爐 |

| le four | le grille-pain | le robinet |
|---|---|---|
| [lə fur] | [lə grijpɛ̃] | [lə robinɛ] |
| 烤箱 | 烤麵包機 | 水龍頭 |

**l'évier**

[levje]

水槽

**la bouilloire électrique**

[la bujwar elɛktrik]

電水壺

**la poêle**

[la pwal]

煎鍋

**la casserole**

[la kas(ə)rɔl]

長柄湯鍋

**la cocotte**

[la kokɔt]

砂鍋

**la hotte**

[la ɔt]

抽油煙機

**le réfrigérateur**

[lə refriʒeratœr]

冰箱

**l'aspirateur**

[laspiratœr]

吸塵器

**la balayette**

[la balɛjɛt]

掃把

**la chaise haute**

[la ʃɛz ot]

兒童高腳餐椅

**la poubelle**

[la pubɛl]

垃圾桶

## （4）房間內物品　 MP3-119

| | | |
|---|---|---|
| **la commode** | **l'armoire** | **la lampe de chevet** |
| [la kɔmɔd] | [larmwar] | [la lɑ̃p də ʃ(ə)vɛ] |
| 五斗櫃 | 衣櫃 | 床頭燈 |
| **le lit** | **le drap** | **l'oreiller** |
| [lə li] | [lə dra] | [lorɛje] |
| 床 | 床單 | 枕頭 |
| **le réveil** | **le cintre** | **la coiffeuse** |
| [lə revɛj] | [lə sɛ̃tr] | [la kwaføz] |
| 鬧鐘 | 衣架 | 梳妝台 |
| **la couverture** | **l'édredon** | **le lit d'enfant** |
| [la kuvɛrtyr] | [ledr(ə)dõ] | [lə li dɑ̃fɑ̃] |
| 毯子 | 棉被 | 嬰兒床 |

## （5）浴室內物品 🎧 MP3-120

| la douche | la baignoire | la serviette de bain |
|---|---|---|
| [la duʃ] | [la bɛɲwar] | [la sɛrvjɛt də bɛ̃] |
| 淋浴 | 浴缸 | 浴巾 |

| la brosse à dents | le dentifrice | l'eau dentifrice |
|---|---|---|
| [la brɔsa dã] | [lə dãtifris] | [lo dãtifris] |
| 牙刷 | 牙膏 | 漱口水 |

| le savon | le pommeau de douche |
|---|---|
| [lə savõ] | [lə pɔmo də duʃ] |
| 肥皂 | 蓮蓬頭 |

| le lavabo | le rasoir électrique | la machine à laver |
|---|---|---|
| [lə lavabo] | [lə razwar elɛktrik] | [la maʃin a lave] |
| 洗手台 | 電動刮鬍刀 | 洗衣機 |

## 14. 服飾及配件：

（1）男裝　MP3-121

### Qu'est-ce que vous mettez aujourd'hui ?
### Je mets ... .

[kɛs kə vu mɛte oʒurdɥi ʒə mɛ ...]

今天您穿什麼？我穿…。

| | | |
|---|---|---|
| **un costume** | **une chemise** | **une cravate** |
| [ɶ̃ kɔstym] | [yn ʃ(ə)miz] | [yn kravat] |
| 西裝 | 男襯衫 | 領帶 |

| | |
|---|---|
| **un pantalon** | **des chaussures en cuir** |
| [ɶ̃ pɑ̃talɔ̃] | [de ʃosyr ɑ̃ kɥir] |
| 長褲 | 皮鞋 |

| | | |
|---|---|---|
| **une veste** | **un manteau** | **Je peux l'essayer ?** |
| [yn vɛst] | [ɶ̃ mɑ̃to] | [ʒə pø lɛsɛje] |
| 西裝外套 | 大衣 | 我能試穿嗎？ |

## （2）女裝 MP3-122

---

**un tailleur**

[œ̃ tajœr]

套裝

**un chemisier à manches longues**

[œ̃ ʃ(ə)mizie a mãʃ lõg]

長袖女襯衫

---

**un collant**

[œ̃ kɔlã]

褲襪

**un chemisier sans manches**

[œ̃ ʃ(ə)mizie sã mãʃ]

無袖女襯衫

---

**une jupe**

[yn ʒyp]

裙子

**une petite jupe**

[yn pətit ʒyp]

短裙

**une robe**

[yn rɔb]

洋裝

---

**des chaussures à talons**

[de ʃosyr a talõ]

高跟鞋

**une robe du soir**

[yn rɔb dy swar]

晚禮服

---

## （3）配件 MP3-123

**un accessoire**

[œ̃naksɛswar]

配件

**un chapeau**

[œ̃ ʃapo]

帽子

**une casquette**

[yn kaskɛt]

棒球帽

**une ceinture**

[yn sɛ̃tyr]

腰帶

**une boucle**

[yn bukl]

帶扣

**des gants**

[de gɑ̃]

手套

**un mouchoir**

[œ̃ muʃwar]

手帕

**un nœud**

[œ̃ nø]

領結

**un parapluie**

[œ̃ paraplɥi]

雨傘

**une épingle de cravate**

[ynepɛ̃gl də kravat]

領帶夾

**un foulard**

[œ̃ fular]

領巾

**un sac**

[œ̃ sak]

袋子

**un portefeuille**

[œ̃ pɔrt(ə)fœj]

皮夾

**un porte-monnaie**

[œ̃ pɔrtmɔnɛ]

錢包

**un sac à bandoulière**

[œ̃ saka bɑ̃duljɛr]

肩背包

**un sac à dos**

[œ̃ saka do]

背包

**un sac à main**

[œ̃ saka mɛ̃]

手提包

**un fourre-tout**

[œ̃ furtu]

旅行袋

**une serviette**

[yn sɛrvjɛt]

公事包

**une broche**

[yn brɔʃ]

胸針

**un bracelet**

[œ̃ bras(ə)lɛ]

手鐲

**une chaîne**

[yn ʃɛn]

鍊子

**un bouton de manchette**

[œ̃ butõ də mãʃɛt]

袖扣

**un pendentif**

[œ̃ pãdãtif]

墜飾

**une bague**

[yn bag]

戒指

**une boucle d'oreille**

[yn bukl dɔrɛj]

耳環

**un collier**

[œ̃ kɔlie]

項鍊

**un rang de perles**

[œ̃ rã də pɛrl]

珍珠項鍊

**une montre**

[yn mõtr]

手錶

**une boîte à bijoux**

[yn bwata biʒu]

珠寶盒

**une basket**

[yn baskɛt]

籃球鞋

**une tong**

[yn tõg]

夾腳拖鞋

**une sandale**

[yn sãdal]

涼鞋

## 15. 打招呼、道別及致謝： MP3-125

### Bonjour, monsieur Dupont.
### Comment allez-vous ?

[bõʒur məsjø dypõ kɔmãtale vu]

Dupont先生，早安。您好嗎？

---

### Bonsoir, madame Binoche. Vous allez bien ?

[bõswar madam binɔʃ vuzale bjɛ̃]

Binoche夫人，晚安。您好嗎？

---

### Ça va, Frédéric ? Et mademoiselle Lacaille,
### elle va bien ?

[sa va frederik e mad(ə)mwazɛl lakaj ɛl va bjɛ̃]

一切都好嗎，Frédéric？那Lacaille小姐呢，她好嗎？

---

### Bonsoir, mesdames, mesdemoiselles et
### messieurs.

[bõswar medam med(ə)mwazɛl e mesjø]

女士們、小姐們和先生們，晚安。

---

## Je suis très heureux(se) de faire votre connaissance.

[ʒə sɥi trɛzørø(z) də fɛr vɔtr kɔnɛsãs]

我很高興認識您。

## Comment vous vous-appelez ? Je m'appelle Louis.

[kɔmã vu vuzaple ʒə mapɛl lwi]

您貴姓大名？我叫Louis。

| **Au revoir !** | **À bientôt !** | **À tout de suite!** |
|---|---|---|
| [o r(ə)vwar] | [a bjɛ̃to] | [a tu də sɥit] |
| 再見！ | 馬上見！ | 回頭見！ |

| **À tout à l'heure !** | **À lundi !** | **À demain !** |
|---|---|---|
| [a tuta lœr] | [a lœ̃di] | [a d(ə)mɛ̃] |
| 待會兒見！ | 星期一見！ | 明天見！ |

MP3-126

**À la prochaine !**

[a la proʃɛn]

下次見！

**Adieu !**

[adjø]

永別！

**Je m'en vais.**

[ʒə mã vɛ]

我走了。

**Je vous laisse.**

[ʒə vu lɛs]

我走了。

**J'y vais.**

[ʒi vɛ]

我閃了。

**Salut !**

[saly]

再見啦！

**Il faut que
je parte.**

[il fo kə ʒə part]

我得離開了。

**Je vous
remercie.**

[ʒə vu rəmɛrsi]

我謝謝您。

**Merci
beaucoup.**

[mɛrsi boku]

多謝了。

**Merci
infiniment.**

[mɛrsi ɛ̃finimã]

感激不盡。

**De rien.**

[də rjɛ̃]

沒什麼。

**Je vous en
prie.**

[ʒə vuzã pri]

不客氣。

## 16. 名牌：  MP3-127

# Quelle marque préférez-vous, LV ou Agnès b. ?

[kɛl mark preferevu ɛlve u aɲɛs be]

您比較喜歡哪個名牌呢，LV或Agnès b. ?

---

**Louis Vuitton**

[lwi vɥitõ]

路易威登

**Hermès**

[ɛrmɛs]

愛馬仕

**Cartier**

[kartje]

卡地亞

---

**Chanel**

[ʃanɛl]

香奈兒

**Lancôme**

[lãkɔm]

蘭蔻

**Givenchy**

[ʒivãʃi]

紀梵希

---

**Lanvin**

[lãvɛ̃]

浪凡

**Yves Saint-Laurent**

[iv sɛ̃lorã]

聖羅蘭

**Peugeot**

[pøʒo]

標緻、寶獅

---

**Évian**

[evjã]

愛維養

**Perrier**

[pɛrje]

沛綠雅

**Montblanc**

[mõblã]

萬寶龍

**Christian Dior**

[kristjã djɔr]

迪奧

**Chloé**

[kloe]

蔻依、珂洛艾伊

**Piaget**

[pjaʒɛ]

伯爵

**L'Occitane en Provence**

[lɔksitan ã provãs]

歐舒丹

**Longchamp**

[lõʃã]

瓏驤

**L'Oréal**

[loreal]

萊雅

**Lacoste**

[lakɔst]

鱷魚

**Jean-Paul Gaultier**

[ʒãpol goltje]

高緹耶

## 17. 童謠： MP3-128

### Bonjour, madame Lundi.
### Comment va madame Mardi ?

[bõʒur madam lœ̃di kɔmã va madam mardi]

Lundi夫人，早安。Mardi夫人好嗎？

......

### Très bien, madame Mercredi.

[trɛ bjɛ̃ madam mɛrkr(ə)di]

非常好，Mercredi夫人。

......

### Dit à madame Jeudi de venir vendredi.

[dita madam ʒødi də vənir vãdr(ə)di]

告訴Jeudi夫人星期五來。

......

### Non, c'est samedi, dans la salle de Dimanche.

[nõn sɛ sam(ə)di dã la sal də dimãʃ]

不，是星期六，在Dimanche的房間裡。

......

# Do, ré, mi, la perdrix

[do re mi la pɛrdri]

Do、ré、mi、山鶉鳥

# Mi, fa, so, elle s'envole

[mi fa so ɛl sãvɔl]

Mi、fa、so、她飛

# Fa, mi, ré, dans un pré

[fa mi re dãzœ̃ pre]

Fa、mi、ré、到草地裡

# Mi, ré, do, tombe dans l'eau

[mi re do tõb dã lo]

Mi、ré、do、掉進水中

**國家圖書館出版品預行編目資料**

法語發音通：從零開始，教你說得一口標準法語 新版 /
趙俊凱著
　修訂二版　臺北市：瑞蘭國際, 2024.06
192面；17 x 23公分--（繽紛外語系列；131）
ISBN 978-626-7473-08-5（平裝）
1. CST：法語　2. CST：發音

804.541　　　　　　　　　　　113005815

繽紛外語系列 131

# 法語發音通：
## 從零開始，教你說得一口標準法語 新版

作者｜趙俊凱・責任編輯｜葉仲芸、王愿琦
校對｜趙俊凱、葉仲芸、王愿琦

法語錄音｜趙俊凱
錄音室｜純粹錄音後製有限公司
封面設計｜余佳憓、陳如琪
版型設計｜余佳憓
內文排版｜帛格有限公司、余佳憓

瑞蘭國際出版
董事長｜張暖彗・社長兼總編輯｜王愿琦
**編輯部**
副總編輯｜葉仲芸・主編｜潘治婷
設計部主任｜陳如琪
**業務部**
經理｜楊米琪・主任｜林湲洵・組長｜張毓庭

出版社｜瑞蘭國際有限公司・地址｜台北市大安區安和路一段104號7樓之1
電話｜(02)2700-4625・傳真｜(02)2700-4622・訂購專線｜(02)2700-4625
劃撥帳號｜19914152 瑞蘭國際有限公司
瑞蘭國際網路書城｜www.genki-japan.com.tw

法律顧問｜海灣國際法律事務所　呂錦峯律師

總經銷｜聯合發行股份有限公司・電話｜(02)2917-8022、2917-8042
傳真｜(02)2915-6275、2915-7212・印刷｜科億印刷股份有限公司
出版日期｜2024年05月初版1刷・定價｜400元・ISBN｜978-626-7473-08-5

瑞蘭國際